小説 スイートプリキュア♪
新装版

著：大野敏哉

講談社キャラクター文庫 024

プロローグ

あのとき、私たちは戦った。

悲しみから生まれた怪物ノイズが、世界中からすべての音を消し去った、あのとき……。

音を奪われた人たちは石となり、あらゆる感情を消された。

私たちが住む加音町もすべての音を奪われ、まるで廃墟のようになってしまった。

カラフルで美しい町並み、音楽を愛する家族や友達の笑顔、美しい浜辺、親友の奏の家で作られていた可愛らしいカップケーキ……。

そのすべてを奪い返すために、私たちは戦った。

「私たち」とは、四人のプリキュアのことだ。

私、北条響と、いつも喧嘩するけど誰よりも仲良しの南野奏。

最初は敵だったけど、正義の心に目覚めた黒川エレン。

生意気だけど憎めない、すべての音を生み出す国メイジャーランドのお姫様である、調辺アコ。

そして、その天然ボケで私たちを癒やしてくれる、メイジャーランドの妖精ハミィ。

私たちは力を合わせてノイズと戦った。

敵は「悲しみ」。これほど手強い相手はいない。

それに打ち勝つのは、生きる喜びしかない。

そしてその喜びは、ノイズが奪った音楽によって得られるものだ。

ハミィがノイズの中に入って、世界中の人々の平和を願う歌「幸福（しあわせ）のメロディ」を歌った。

音楽は素晴らしい。そのことをノイズにわかってもらうために。

でもノイズの悲しみは深かった。

ノイズは言った。「私を生み出したのはおまえたちだ」と。「この世界は楽しいことばかりじゃない。悲しいこともある。私はそこから生まれたのだ」と。

ノイズとはただの怪物ではなかった。悲しみそのものだったのだ。

自分の声や姿を憎み、悲しいからすべてなくなればいいと暴れ続けた。

それでも私たちは戦った。ノイズの心に向かって叫びながら。

かつて悪の存在だったエレンは、多くの人を傷つけた罪を懺悔（ざんげ）しながら、同時にその過ちに気づかせてくれた仲間の大切さを訴えた。

自分の父親が悪の存在になってしまい、一人で悩み続けたアコも、仲間といたからありのままの自分になれたと告白した。

奏は、私と何度も喧嘩したからこそわかり合えて、かけがえのない親友になれたと。

そう。私たちはノイズに訴えた。

「あなたは決して一人じゃない」と。

涙は悲しいときにだけ流すと思っているノイズに、わかってもらいたかった。

みんなと一緒にいられて、嬉しくてたまらなくて流す涙もあるのだと。

やがて私たちの気持ちがノイズに届いて、ノイズは悲しみの怪物から、ピーちゃんという可愛らしい一羽の小鳥へと姿を変えた。

悲しみは決してなくならない。これからも私たちのすぐそばにあり続けるだろう。

でも私たちは負けない。何度だって悲しみを乗り越えてみせる。

その心をひとつにして……。


どうして気づいてあげられなかったんだろう。

ずっとそばにいたのに。

どうして私は、その悲しみに……。

何もかも見えてたつもりだったのに、ほんとは何も見えていなかった。

まるで今の私みたいだ。

私は今、追いつめるような黒く静かな波にすっぽりと包まれてる。

そう、ここは真っ暗闇。糸ほどの光も入ってはこれない。

いつか誰かに聞いたことがある。

闇が閉じ込めているのは、その文字の通り、『光』じゃなくて『音』なのだと。

ここにはどんな音も存在しない。

誰かが話す声も、歌声も、鐘の音も、車のクラクションや、雨や波の音も……。

何も聞こえない。

ずっとここにいたい。

いや、こんなところには一秒だっていたくない。

自分がどうしたいのか、さっきからずっとわからずにいる。

頭に浮かんだのはノイズの言葉。

「この世界は楽しいことばかりじゃない」

あれは本当のことだったのかもしれない。

今、私に何ができるんだろう。

知らない誰かのためにこの身を捧げたあのときみたいに、勇敢に戦うことができるのだろうか……。

ううん。そんな自信は……ない。

今もこの心の中にト音記号があるなら、それはきっとぐちゃぐちゃに折れ曲がっているだろう。

自分がそんなふうに感じるなんて、夢にも思わなかった……。

目次

第一章　あれから私たちは……

加音町には海がある。

砂浜から見える朝陽が好きだ。

でももっと好きなのは、その砂浜を走りながらいろんなことを考えること。

今の私、過去の私、未来の私。それから、家族や友達について。

そんなあれやこれやが次々とでたらめに頭をめぐって、今でも過去でも未来でもない、不思議な時間の中に迷い込む。

それがとても心地よいのだ。

時々、深くなる砂に足をとられる。

額からするっと流れた汗が、首筋にからまってくすぐったい。

夏だ。

もうすぐ中学最後の夏休み。

この時期になると、夏休みに入ったら何をしようかなって毎年わくわくするんだけど、今年は遊ぶ暇もなさそう。

今年の夏はきっと忙しくなる。

私も、奏も、エレンもアコも。

みんなと一緒に戦っていた頃から一年も経っていないはずなのに、もう何年も経っているような気がする。

それほど私たちを取りまく環境は大きく変わった。

私は夏休みに入ったらすぐに留学する。行き先はドイツ。

ドイツといえばソーセージぐらいしか思いつかない私だけど、大丈夫かな？

他にはビールも有名らしいけど、もちろん私はまだ飲めない。

あとは、パパかな。

パパは私が生まれるずっと前、ピアノを勉強するためにドイツに住んでいたらしい。

「響、ドイツというところはね、実にパッショネートでメロディアスなところなんだよ。わかるかい？」

さっぱりわからなかったけど、私がドイツ行きを決めたのは、やっぱりパパの影響が強い。

もちろんパパはドイツ語を話せる。

それは私にとってラッキーだったけど、教えてもらっていてすぐに気づいた。

パパのドイツ語はきっと、独特すぎる。

まだ全然しゃべれないけど、なんとなくわかる。

よく考えたらパパは日本語も独特なんだからしかたない。

このドイツ語、本当に向こうに行って通じるんだろうか。毎日不安になってくるけど、先生はパパしかいないからもうあきらめるしかない。

ママも言っていた。「だってパパだものね」

そして決まって最後は、「なんとかなるわよ響」。

小学生みたいに楽しそうに笑いながら。

あれ？　ママの顔ってこんなふうだっけ？

時々、ママの本当の顔がわからなくなる。

無理もない。いつも話すのは直接じゃなくてパソコン越しなのだから。

そう、ママは相変わらず演奏会で世界各国を飛び回っていて、日本にはたまにしか帰ってこない。

ドイツには予定が合えば会いに来てくれるって言ってたけど、ママのことだからあんまり期待しないでおこうと思う。

それにしても……ドイツかぁ。

もうすぐみんなから遠く離れてしまうんだと思うと寂しくなるけど、自分で決めたことだからがんばろうと思っている。

もちろん習いに行くのはピアノ。

そのためにパパや王子(おうじ)先輩からレッスンを受けている。

パパのレッスンは厳しくて、王子先輩が担当のときはほっとする。

奏が聞いたら絶対に羨ましがるからまだ言ってないけど、時々、王子先輩と二人きりでピアノのレッスンをしているのだ。

王子先輩は優しい。

だめなところはだめって言ってくれるけど、パパと違ってどこがどうだめなのかを丁寧に教えてくれるから、すごくわかりやすい。

そして最後は、あの素敵な笑顔と柔らかい声で魔法の言葉をくれる。

「だいじょうぶ」

たった六文字の短い言葉だけど、その言葉をもらうとたちまち元気が出て、明日からもがんばろうと思える。

ピアノもドイツもドイツ語も、みんなと離れてしまう寂しさも、何もかも、本当に大丈夫な気がしてくるから不思議だ。

あぁ、だめだ。

王子先輩のことを思い出してたら、ただでさえ熱い体が、さらに何倍も熱くなってきてしまう。

ちょっと待って。王子先輩に夢中なのは奏なんですけど！

でも最近、奏とそういう話はしてない。

前は毎日会っていろんな話をしてたのに、最近は学校でたまに近況を報告し合うぐらいだ。

しかたない。

奏はスイーツ部の活動で大忙し。おまけにパティシエの高校を受験するから、その試験勉強で寝る暇もないみたい。

パティシエの高校。そんな学校があることを初めて知った。

「毎日ケーキを作れるんでしょ？　楽しそう」

そう言ったら、奏は顔を真っ赤にしてこう言った。

「響ったら相変わらずのんきねー」

奏の話によれば、パティシエの学校は少なくて、入るだけでも大変。入ってからも厳しい試験の連続で、今より何倍も忙しくなるらしい。

でもがんばり屋で負けず嫌いの奏なら大丈夫。きっと奏にしか作れないスイーツを作って、立派なパティシエになれる。

私はそう信じてる。

トランペットの音が近づいてきて、私は足を止めた。

見ると、肩で息をする私を励ますように、大学生っぽい女の人がトランペットを吹いている。

部活の練習かな？

朝も夜も、毎日、町のどこかでこういう光景を目にする。

私はこの町のそういうところが好きだ。

みんな音楽を愛していて、自分にしか出せない音を出して、その音が違う誰かの毎日を励ましている。

それがこの加音町という町。

こんな町は世界中探したってどこにもないだろう。

再び走り出す。

砂浜から抜け出して、海沿いの道に出る。

少しずつ遠ざかるトランペットの音を聴きながら思い出したのは、もう一人の仲間のこと。

エレンだ。

エレンもよく町のどこかで自分の音楽を奏でてる。

奏でる楽器は、もちろんギターだ。

エレンは学校に通いながら、ミュージシャンを目指してる。

自分で曲を作って、ストリートで演奏して腕を磨いて、デビューの機会をうかがっている。

え？　あのエレンが？

時々、不思議に思う。

ちょっと前まで猫だったのに……ていうか私たちをさんざん苦しめたにっくき敵だったのに……。

そう思うとなんだか笑えてきちゃうけど、昔は昔。今は今。

私たちは激しい戦いを通じて、かけがえのない仲間になった。

時々、ストリートにエレンの演奏を聴きに行く。

エレンの曲は好きだ。ちょっと悲しげだけど、きれい。

そう、きれいという言葉がしっくりくる。

特に高い声が消え入りそうに響くとき、そう思う。

きっと心がきれいだから。

その言葉はまだ胸にしまったままで、エレンには伝えていない。

まだデビュー前なのに調子に乗っちゃうかもしれないし。

そう思うのって、ちょっと意地悪かな?

やっぱり今度会ったら伝えてみよう。

エレンはたいてい一人でギターを弾いてるけど、時々その後ろにバックコーラスを従えている。

その人数は、三人。

そう、あの三人。

バスドラ・バリトン・ファルセット。トリオ・ザ・マイナーだ。

エレンのバックコーラスをつとめるときも、その名前は同じまま。

彼らもまた、私たちをさんざん苦しめた敵だった。

あの頃のことを思うと信じられないけど、トリオ・ザ・マイナーはこの加音町で暮らしている。

もうあの大げさなマントは羽織ってない。普通の人が着る普通の服を着て、髪型もすっかり普通になっている。

そして町でいちばん大きな楽器屋さんで働きながら、エレンと一緒にCDデビューを目指している。

「いらっしゃいませ〜」

その店員さんお決まりの言葉は、バスドラが言ってもファルセットが言っても、どうしても笑ってしまう。

だってバスドラが言うと声が低すぎて、ファルセットが言うと高すぎて、どっちにしてもお客さんはびっくりだ。

そのうち「いらっしゃいませ〜」は、ちょうどいい声のバリトンが言うようになったらしいけど、いつからかバスドラの声もファルセットの声も「面白い」と評判になって、彼らは町のちょっとした人気者になった。

ほんと人生はどうなるかわからない。

最強のチームとして私たちを何度も苦しめたエレンとあの三人は、加音町に来ても、結局、一緒に行動してる。

でもエレンに言わせれば、「あいつら邪魔。私一人でじゅうぶん」。

三人の悲しげな顔が目に浮かんできて、思わず笑ってしまう。

汗が体中をつたい落ちている。

そろそろ歩こうかと思ってからだいぶ経つけど、まだ歩かない。

奏のいつもの言葉が甦る。

「負けず嫌いは響のほうでしょ⁉」

はいはい。すいません。おっしゃる通りです。

調べの館が見えてきて、今度はアコのことを思い出した。

最初はただの生意気な子だと思っていた。

騒がしくてイタズラ好きな奏の弟、奏太に、いつも笑っちゃうほど的確に突っ込んでいたクールな女の子。

まさか一緒に戦うなんて思いもしなかった。

それに、まさかあのメイジャーランドのお姫様だったなんて。

アコも奏やエレンに負けずに忙しい。

メイジャーランドと加音町を行ったり来たりしながら、女王になるための修業を続けてるのだ。

ていうか、女王の修業って、何？

「いろいろあるの。響にはわからないと思うけど」

自慢のメガネを指でちょいっと上げながらクールに答えるアコは、あの頃と変わったようで、実は何も変わっていないのかもしれない。

アコといえば、そのおじいちゃんの調辺音吉（おときち）さんだ。

でも今は音吉さんのことは考えたくない。

その理由は自分でもはっきりわかってる。

それは……つまり……。

あぁ、やっぱりやめとこう。

でも音吉さんがいる調べの館にはエレンが住んでて、たまにアコも帰ってくるから、しょっちゅう行ってるんだけど……。

シャワーを浴びて、体中の汗とサヨナラしてすっきりして、それからのんびりと学校へ行く準備をする。

私はこの時間が好きだ。

「のんびりじゃなくてだらだらニャ～♪」

いつも一言多い猫ちゃんは今、枕元の写真立ての中で飛びはねている。

写真って止まっているはずなのに、なぜかいつも本当に飛びはねてるように見えてしまう。

「おはようハミィ」

写真にそう呼びかけるのも、こののんびりタイムだ。

ハミィはもうこの家にはいない。

メイジャーランドの歌姫として活躍してる、らしい。

実際活躍してるところを見たことがないから、わからないけど……。

あのおっちょこちょいのうっかり者のハミィだから、ちゃんと活躍できているかどうかは正直めちゃめちゃ不安だけど……。

でも時々、あの甲高くて騒がしい声が懐かしくなる。

いたらいたで「うるさい！」なんて喧嘩になってるんだろうけど……。

そして……。

ハミィと入れ替わるようにこの家で暮らし始めた真っ白なこの子は、ハミィみたいににぎやかじゃないけど、最近だいぶなついてくるようになった。

ピーちゃんだ。

ふだんはすごくおとなしくて、ハミィみたいに、眠ってる私を無理やり起こしたりもしない。

ご機嫌にぴーぴーと鳴いて、膝の上に乗ってきたりもする。

「一緒にいてだいじょうぶ？」

たまに奏やエレンにそう聞かれる。

無理もない。

だってピーちゃんは私たちをこれでもかというほど苦しめた、最強最悪の敵だったんだから。

人々の悲しみを吸い取って、この世界からあらゆる音を奪おうとしたノイズ。

それが変化したのが、ピーちゃん。

「悲しみがすべて消えるわけじゃない」

私たちは音吉さんにそう言った。

「だから私たちは、ピーちゃんを受け入れたうえで前に進みたいの」

音吉さんは今でもよくこの家に、ピーちゃんの様子を見に来る。

ピーちゃんを膝に乗せたり、頭を撫でたり、何か話しかけたりしている。

言葉が通じるはずもないのに、時々笑ったりもしている。

「何かあったらすぐに知らせるのだぞ」

音吉さんはいつも私にそう言う。

「だいじょうぶ」っていつも私は答える。

根拠はないけど、そんな気がする。

ピーちゃんは何もしゃべらないけど、私にはわかる。

「もう二度と悲しい思いをさせないで」

ピーちゃんが私に伝えたいのはきっとそれだけなんだって。


「ズレとる」

最近何回この言葉を聞いただろう。十回や二十回じゃきかない。

ドイツ行きが決まってからその回数はどんどん増えてる気がする。

もちろんその言葉を口にするのは音吉さんで、場所は調べの館だ。

音吉さんの前でピアノレッスンの成果を披露すると、決まって言われる。

「今日もズレとる」

私が今、音吉さんのことを考えたくない理由はこれだ。

そして、これは昔からだけど、音吉さんは、どこがどう「ズレとる」のかはまったく教えてくれない。

そんなはずはない。あんなに練習したのに……。

へこむ私にいつも同情してくれるのは、エレンとアコだ。

エレンのきれいな音色のギターも、アコの澄みきった歌声も、音吉さんにかかればいつだって「ズレとる」わけで、私もエレンもアコも、何をどうすればズレなくなるのか、さっぱりわからないままなのだ。

エレンは言う。「しょうがないよ。あれ口癖だから」

アコは言う。「ほんとはちゃんと聴いてないんじゃない？　ただ『ズレとる』って言いたいだけでさー」

「そうだよねー」

私は二人に大賛成だけど、でも実際「ズレとる」って言われるたびに、いつも同じぐらいへこんでしまうのだ。

あぁ、どうしよう……。

パパの意味不明なアドバイスをなんとか聞き取って、王子先輩の優しさあふれる言葉を励みにして、がんばってきたのに。

最近、「ズレとる」「ズレとる」言われすぎて、自分が弾くピアノの音がおかしく聴こえるようになってしまった。

どこがどうおかしいかはうまく言えないけど、今まで楽しく弾いていた音とは全然違う。

どことなく寂しく響いて、余韻もなく、すっとどこかへ消えてしまう感じだ。

このままじゃ、マズい。

留学の前に演奏を披露する機会があるのだ。

それは町のみんなが私のために開いてくれる送別会。

しかも奏との連弾！

自分だけならなんとかなるかもしれないけど、スイーツ部で忙しい奏とはほとんど合わせてない。

今日も約束していたのに、奏はまだ来ない。

別にいいんだけど……だってみんな忙しいしね……。

私の中の私は、ピアノをうまく弾けない不安と焦りで、時々子どもみたいにスネてしまう。

あぁ、こんなんで海外生活なんてうまくいくのかな……？

気づいたら、調べの館には誰もいなくなっていた。

音吉さんはどこかへ出かけてしまって、ここに住んでいるエレンはきっと今日も路上で演奏中。アコはたぶんメイジャーランドかな。

そして私は一人、古ぼけたピアノの前に座って、でたらめに鍵盤を押さえている。

聞こえてくるのは、てんでバラバラな、でたらめな音たち。

まるでそれぞれの道へ歩き出した私たちみたいに……。

心をひとつに。
みんなで一緒に戦っていた頃、それが合い言葉だった。
そのおかげで、ある時期口もきかなかった奏とも信じられないくらい仲良くなったし、
エレンやアコという新しい仲間もできた。
あの頃のことを思い出すといつも胸が熱くなる。
それはすごく心地のよい熱さ。
最近はまったく感じなくなってしまった清々しい感覚。
それぞれの道へと歩き出した今の私たちと違って……。
「あー、だめだめ！　コラ響、前を向きなさい！」
心の中の呟きが思わず外に出てしまった。
そしてそれはあっというまに、ひんやりとした館の壁に吸い込まれていった。
でも声に出したらちょっとすっきりした。
うじうじ考えてたってしょうがない。
とりあえず、今の私には会いに行かなきゃならない人がいる。
最近なんだかんだと練習をサボり続けてる……。

奏！　あなたのことだよ！

足音を立てずにそーっと机の陰に隠れる。あとは手を伸ばしてお目当てのアレをつかみ取るだけ。

慣れたもんだ。

だって一年のときからずっと同じことを繰り返してきたんだから。

いやいや、自慢するようなことじゃないって。

ただのつまみ食いでしょーが。

私は私の中の、永遠のおてんば娘にツッコミを入れた。

ここはスイーツ部の部室。

お目当てのアレとはもちろん、奏の作ったスイーツだ。

手にしたそれは、ケーキだった。

ベテランのつまみ食いにはすぐにわかる。

これはただのケーキじゃないな。

今の季節にぴったりの、スイカゼリーがのったケーキだ！

「いっただっきま〜す」

思いきりかぶりついた。

さぁ、あとは奏の大きな声を待つだけだ。

「コラ響ぃ〜！」

そのお決まりのツッコミ、今まで何百回聞いただろう。

奏、今だよ？　ぼーっとしてたら食べちゃうよ〜。

真っ赤に揺れる、この可愛い可愛いスイカちゃんを！

……あれ、聞こえない。どうして？

いつもはすぐに気づいて、学校中に響き渡るぐらいの大きな声で突っ込んで、ネズミを見つけたネコみたいに猛スピードで駆けつけてくれるはずなのに……。

なんで？

そーっと机の陰から顔を出すと、友達と話す奏の横顔が見えた。

その顔はちょっと深刻そうで、こっちに気づく気配はまったくない。

ちょっと、かなで——。

「ねぇ、聖歌先輩のタルトどうだった？」

奏が友達にそう尋ねてる。

聖歌先輩とは、スイーツ部の元部長さん。あだ名は『スイーツ姫』。

可愛くて、優しくて、スイーツ作りが誰より上手な、みんなの憧れの存在だ。

「うん。美味しかったよ」

友達の言葉に奏の表情が曇る。

「そうかなぁ」

私は思わず耳を疑った。

「私はちょっと平凡すぎると思ったんだけど」

え？　奏って、聖歌先輩に対してそんなこと言うんだ？

聖歌先輩のこと、ずっと尊敬してると思ってたのに……。

今まで見たことがない奏を見ているようで、ちょっと後ろめたくなった。

つまみ食いしてるからそもそも後ろめたいんだけど。

すでにスイカケーキを一口、ううん、二口も食べちゃってるから、後ろめたさを通り越して、そろそろ自己嫌悪に陥りつつあるんだけど……。

「聖歌先輩ね、私のスイカケーキ、あんまり気に入らなかったみたい」

え、それってこのケーキのこと？

私は音を立てずに口をモグモグさせながら、真っ赤に揺れて、そのままするっとケーキの上から落ちてしまいそうなゼリーを見る。

そうかなぁ。すごく美味しいよ、奏。

「いつもみたいに褒めてくれなかったんだよね……」

残念そうな奏の横顔がコクッと下を向いた。

そっか、へこんでるんだね、聖歌先輩に褒めてもらえなくて。そっかぁ……。

ていうか早く気づいてよ！　私さっきからずっと見てるのに！

ていうかそれより、今日はピアノの練習の日なんですけど！

「聖歌先輩からいろいろアドバイスもらったんだけど、私は今のままでじゅうぶんオイシイと思うんだよね」

うんうん。じゅうぶん美味しいよ、奏。

でもいい加減気づいてくれないと、私食べ終わっちゃうんですけど？

「あれ？　響？」

もー気づくの遅いって！

え？　なんか声が違う。

それは奏じゃなくて、奏の友達だった。

「何してんの？」

初めて奏が私に気づいた。

ちょっとイライラを残したままの、静かな声だった。

「コラ響ぃ〜！」

っていういつもの元気なツッコミが聞きたかったのに。

「ごめん。またつまみ食いしちゃった〜」

おどけてみせたけど、奏は笑ってくれなかった。

「ごめん。今忙しいんだ」

私はスイカケーキをモグモグしながら、ケーキ作りに戻る奏にぴったりくっついて、その沈んだ顔をのぞき込んだ。

「ねぇちょっと冷たくない？　いつもみたいに突っ込んでよ〜」

「だから忙しいんだって。言ったでしょ？　受験までにレベルアップしとかないといけないんだから」

奏の声がいつもと違う。気のせい？

「ちょっと待って。忙しいのはわかるけど、今日は何の日？」

「え？　まさか響の誕生日？」

「全然違うし！　ていうか私の誕生日忘れちゃったの⁉」

「そんなわけないでしょー」

ううん。気のせいじゃない。いつもの奏の声じゃない。

「じゃあ何の日だっていうの？」

私は呆れて大きく息をつく。

それが伝染したのか、奏も大きく息をついた。

「私と、ピアノの練習をする日」

奏が今日初めてまっすぐ私を見た。

「……ごめん。忘れてた」

「もぉー、ひどい！」

「ごめんごめん。でもなんとかなるって。前に一緒にやった曲だし」

私は奏の腕を引っ張って廊下へ出た。

「ちょっと響、何するの？」

「ねぇ、奏、最近冷たくない？」

「え？　そんなことないけど……」

その言葉とは裏腹に、奏はわざとらしく私から目をそらした。

私にはわかる。奏もやっぱりそう感じてるんだ。

奏がピアノの練習をすっぽかしたのは今日が初めてじゃない。

スイーツ作りで忙しいってわかってるから、大目に見てきたけど……。

あぁ、いつもの喧嘩が始まっちゃう。

そう思いながらも、私は抑えきれずに、

「忙しいのはわかるけどさ、大事な送別会なの。失敗したら絶対後悔すると思うし、最後に奏といい演奏してドイツに行きたいの」

「最後に」。自分で言った言葉なのに、口にしたとたんにちょっと悲しくなった。

「大げさだよ響。最後なんて」

確かにそうだけど、演奏を成功させたい気持ちは本当なんだよ、奏。

「わかった。次はちゃんと行くから、今日は許して。ごめん！」

奏はそう言って、片目をつぶって手を合わせた。

怒ってたはずなのに、思わず笑ってしまいそうになる。

その理由はわかってる。

今は絶対言いたくないけど、奏の顔がめちゃめちゃ可愛く思えてしまったのだ。

しょうがない。許してやるか。

「そうだ響」

そんな私の心に気づいたように、突然、奏が生き生きと話し始めた。

「このまえね、有名なパティシエの人がスイーツ部に来て、私すごい褒められたんだ。

『あなたには才能がある』って」

「へぇ〜、よかったじゃん」

えーっと、いきなり自慢ですか？　まったく奏ったら。

さっきまで忘れていた笑顔が急に戻ってきたみたい。

「パパは『調子に乗るなよ』って言ってたけど、でも嬉しいよね。今までがんばってきたことが認められたわけだからさ」

「そうだね」

私は笑顔でそう答えながら、「このまえ」っていつのことだろうと考えていた。

今までの奏なら、そんな嬉しいことがあったら、まっさきに私に話してくれたのに。

「私、この勢いのままいきたいんだよねぇ。このまま高校に受かって、いっぱいスイーツ作って、卒業したら一流のスイーツのお店で修業して、それでいつか、自分のお店を……」

前はお父さんのお店を継ぎたいって言ってたのに……ていうか、奏は自分が好きな話をし出したら止まらない。

そんなことはもちろんわかっているけど……。

ちょっとは私の話も聞いてよー。

「ねぇ奏、たまにはみんなで海にでも行かない？」

「……え？」

奏は突然話をさえぎられて、ちょっと不満そうに見えた。

「みんなって？」

「みんなはみんなだよ」

なんでわからないの？　みんなって言えば当然……。

「私と奏と、エレンとアコ」

「……海、かぁ」

奏ったら、全然興味なさそうにぼんやりと窓の外を見た。

さっきまでの生き生きした感じはどこ行っちゃったの～？

「最近みんなで会ってないしさ、夏休みは私いないし。一日中とは言わない、ほんの半日だけとか。奏も気分転換になると思うし」

「ごめん。ちょっと無理かも」

ちょっと奏ったら、返事早すぎない？

「また今度にしようよ。響がドイツから帰ってきてからとか」

「……そっか」

私のあきらめも早かった。

だってすぐにわかったから。

奏は「無理」以外の答えを全然考えてないことが。

「そうだね。そうしよう。ごめんね忙しいのに」

「ううん。今日はごめん。次からは絶対練習行くから」

奏は私の反応を待たずに、そそくさと部室へ戻っていった。

突然お気に入りのおもちゃを取り上げられた子どものように、私はぼーっと立ち尽くした。

子どもじゃないから泣き出したりはしなかったけど、窓の向こうの空がいつのまにか曇っていて、ちょっぴり寂しくなった。


寂しさをまぎらすようにぶらぶらと町を歩いた。

すぐに気が晴れたのは、町に流れる音楽に耳を傾けたり、いたるところで演奏している町の人たちのおかげかもしれない。

それとも、私が単純で能天気だから?

それは確かにそうかもしれないな。

時計塔の前を通りかかると、聴き覚えのあるギターの音が聴こえてきた。

エレンだ。

曇り空の下、数人のギャラリーを前に歌っている。

エレンの曲は今日もきれいだ。でもいつも、スイーツの隠し味みたいに、ちょっとだけ悲しさが混じってる。

それはきっと彼女が今までたくさん悲しい思いをしてきたからだろう。

エレンは途中で私に気づいたように見えたけど、すぐに目をそらして演奏を続けた。

この曲は知っている。

歌の後にちょっと長めのギターソロがあって、唐突に終わるあの曲だ。

　エレンの指が弦をたたくように動いて、この曲の最後の盛り上がりを演出している。

　そして、そのすべてを突き放すように、曲は突然終わった。

　ギャラリーの人たちがあたたかい拍手を贈って、エレンのギターケースに小銭を投げ入れる。

　その間私は曲の余韻に浸っていて、拍手をするのも忘れてた。

「どうしたの？　ぼーっとしちゃって」

　エレンの声で我に返った。

「私の曲、そんなに退屈だった？」

「そんなことないよ。最高だった！　聴きほれてたってやつ？」

「またぁ。うまいんだから響は」

　それから私とエレンは、時計塔の下に座って少し話した。

「しょうがないよ。奏は今、スイーツに夢中なんだから」

　エレンはいつもギターを爪弾きながらしゃべる。その姿はまるでプロのミュージシャンみたいに見えて、友達として誇らしく感じる。

「私はギター。響はピアノ。アコは女王様の修業……みんな何かに夢中。それって素敵なことじゃない？」

　エレンの言葉はギターの音色のせいで、まるで一つの曲みたいに聴こえた。

「それはそうだけど……」

エレンの意見はきっと正しい。

「長い戦いが終わって、みんなきっと探してるんだよ。夢中になれる何かを」

「……そうだね」

やっぱりエレンは冷静だ。いつも私たちを、優雅に空を飛ぶ鳥のように、遥か上から見下ろしている。

「でもね、そんな簡単に見つからないんだよね」

エレンはちょっと悲しげな顔でそう言った。爪弾くギターの音も小さく静かに響く。

「思い通りに曲ができないんだ。もっと違うふうに言いたいのに、なかなかいい言葉が見つからなくて……」

「……そうなんだ」

曲作りの大変さなんてわからない私は、どう返していいのかわからない。

「それに音吉さんは私のギターを聴くたびに」

「ズレとる」

私がそう言うと、エレンは初めて微笑(ほほえ)んだ。

私はクールなエレンが不意に見せる笑顔が大好きだ。それはまるでサプライズのプレゼントみたいで、友達なのにきゅんとなってしまう。

「みんなで海にでも行かない？」

私は嬉しくなった勢いでそう提案してみたけど、奏と同じく、エレンの返事もつれなかった。

「ごめん。昔に戻るみたいで、ちょっと気が進まないな」

エレンはいつもはっきりものを言う。でもその言葉にはいつも嘘がないから、嫌な気持ちにはならない。

エレンは強い。冷静で、客観的で、揺るがない自分を持っている。

悪の道から私たちの味方へと変わっていったとき、あのときだけはか弱い姿を見せたけれど、それを吹っ切ってからは、また強いエレンになった。

「がんばってね、エレン」

「お互いにね」とエレンが言う。「お互いがんばろう。それぞれのことを」

そうだねと私は心の中で思う。それぞれのことをがんばって、それをお互い応援できるから、私たちは友達なんだもんね。

やっぱりエレンはいつも正しい。悪かった頃の自分を背負ってるぶん、私や奏やアコよりも、何倍も正しい。

正しすぎて、私は何も言えなかった。

調べの館に戻るとアコがいた。

「たまにおじいちゃんの様子を見に来るの」

その言い方がちょっと義務的に聞こえたのか、音吉さんがアコの言葉をはね返すように言った。

「ワシは大丈夫じゃ。エレンもおるしな」

音吉さんはパイプオルガンの掃除をしている。几帳面(きちょうめん)なご主人が毎日それを欠かさないおかげで、オルガンはいつもピカピカだ。

「うん。わかってる。今のは表向きの理由」

今度はアコが卓球の球をすかさず返すみたいにそう言った。

ていうか、なぜかアコも音吉さんも、お互いにじゃなくて私に向かって言ってるんですけど？

「じゃあほんとは？」

私は脱力したように床に寝転がるアコに尋ねた。

「ほんとはね、逃げてきてるの」

「逃げる？」

「パパとママから」

「どうして？」

「だってあれこれうるさいんだもん」

音吉さんが「またか」という顔でこちらを振り返る。

私は何か言おうとした音吉さんを目で制した。

まずはアコの話を聞きましょう、おじいちゃん。

アコの言い分はこうだ。メフィストもアフロディテ様もこうなって欲しいという理想の女王像がある。それはわかるけど自分は自分。パパともママとも違う存在。自分が思うメイジャーランドの女王になりたいのに、何かと口を挟まれて窮屈でたまらないのだと。

「わかるでしょ？　響」

「わかる」って言ったら厄介なことになる気がして、私は「うーん」と、どっちともつかない返事をした。

すると我慢できなかったのか、音吉さんが球を打ち返した。

「アコ、おまえは一国の女王になるんじゃ。そのためには我慢も必要じゃ」

「わかってるって。何度も同じこと言わないで！」

アコはほっぺをふくらませて音吉さんを睨んだ。

「私が考える女王と、パパとママが考える女王は違うの。ほんとわかってないんだから。パパもママもおじいちゃんも」

どうやらスマッシュを決めたのはアコのようだ。

やれやれ。首を横に振って私を見る音吉さんから、そんな声が聞こえてきそうだ。

ふーん。アコっていつもこんなふうに反抗してんだ？

まぁ、家族だからしかたないんだろうけど。

「お父さんもお母さんもアコに立派な女王になって欲しいんじゃない？」

審判だったはずの私も、音吉さんに乗っかってお姉さんぶって球を返してみたけど、アコのふくらんだほっぺはもとに戻らなかった。

「やめてよ。響まで私を責めるわけ？」

「別にそういうつもりじゃないけど……」

それからアコは、メイジャーランドへ帰る時間になるまで、ぼーっと天井を見つめて足をバタバタさせていた。そういうところはまだ子どもっぽい。

いくら背伸びしても、アコはまだまだ子どもなんだもんね。

でもいつまでも子どもでいるわけにはいかない。

女王になるというのはきっとそういうことなんだろうな。

「じゃあ、またね響」

「あ、アコ」

「なあに？」

私は自信なんてまるでなかったけど、奏もエレンも誘ったんだしと思って、あの話を切り出した。

「忙しいとは思うけど、たまにはみんなで」

アコはそこまで聞くと、私の言葉をさえぎった。

「無理。みんなによろしくね」

そう言って大きくため息をついて、小走りで館を出ていってしまった。

ちょっとアコ。まだ私、最後まで言ってないのに。

アコがあの虹色の鍵盤の道に乗ってメイジャーランドへ駆けていく姿を思い浮かべながら、私はピアノの前に座った。そして奏と練習するはずだった曲を弾き始めた。

「ズレとる」

そう言われそうな空気を察して音吉さんを見ると、音吉さんはフフッと微笑んでどこかへ行ってしまった。

私はすぐに曲を弾くのをやめて、でたらめに鍵盤を押さえながら、今日見たみんなの顔を思い出してみた。

奏はずっと緊張しているみたいな、エレンはちょっとイライラしているような、そしてアコは自分の運命を受け入れるかどうか悩んでいるみたいな……。

ふーっと息をついてみる。

あーあ、まったく、なんだかなぁ……。

そんなやりきれない気持ちを指に込めてみる。

ひどい音だ。

これなら私だってこう言う。

「ズレとる」

何が何でもみんなで海へ行きたかったわけじゃないけどさ……。

みんな忙しいのはわかるよ。でもこのままでいいのかな。また敵が襲ってきたらどうすればいいんだろう。

「もうノイズはピーちゃんになったから大丈夫ニャ♪」

この前ハミィはそう言ってたけど、別の敵がいないとは限らないし、私はそんなふうに能天気にはなれない。

ちょっとむしゃくしゃして、鍵盤を強めに押さえた。

そういえば前に、送別会で演奏する夢を見た。

緊張しながらピアノの前に座ると、すぐに異変に気づいた。手がなんかおかしい。指を開こうとしても開けない。それもそのはず、私の手はぬいぐるみの猫みたいにまんまるになっていたのだ。おかげで一度に二つ三つの鍵盤を押さえてしまって、聴いているみんなは大爆笑。気づけば隣にいるはずの奏もなぜか客席にいて、みんなと一緒に笑っていた。

「もー！　奏ったら！」

そう叫んで目を覚ますと、ピーちゃんが心配そうに顔をのぞき込んでいた。

今思い出したら笑えるけど、でもやっぱり寂しい夢だ。

「ズレとる」のは誰だろう。

私？　奏？　エレン？　アコ？　ううん、私たちみんなかも……。

ピアノから離れて、館の中を歩いてみた。

ここで奏と喧嘩もしたし、仲直りもした。一緒にレコードを聴いたのはいくつの頃だっけ……。

この古めかしい場所にいると、自分だけ遠い昔に取り残されてしまったような気持ちになる。

奏は自信満々で、あれだけ尊敬していたお父さんや、ずっと憧れていたはずの聖歌先輩のアドバイスも聞かなくなった。

ひどいって一瞬思ったけど、本当は違う。

正直、羨ましい。それが本音だ。そんなに自分に自信を持てるなんて、今の私からすれば羨ましくてたまらない。

「私には夢がない」と悩んでいたエレンは、夢を見つけてまっしぐら。壁にぶつかってもがいてる。

子どもだと思っていたアコが、「私が考える女王とは」だなんて……。

なんだかみんな知らない人になっちゃったみたい……。

おっと、それはちょっと言いすぎかな。


「ひーびきぃー！」

家に帰ると懐かしい声がした。

元気かな？　と思っていると不思議とひょこっと顔を出す。

それがハミィだ。

そしていつも、心配したことがバカバカしく思えるほど元気だ。

「どこ行ってたニャ～♪　せっかく会いにきたのに」

いつのまに手に入れたのか、奏のお店のカップケーキをむしゃむしゃと頬張っている。

「響の分ももらってきたニャ♪」

「ありがとハミィ」

私は最後にいつ食べたか思い出せないカップケーキを食べながら、ハミィに奏たちの話をした。みんな前と変わっちゃったよとか、送別会の演奏が不安だなとか……。

ハミィの答えはいつも予想を裏切らない。ていうかワンパターン？

でも自分がその言葉を聞きたくて話していることもわかっている。

「大丈夫ニャ♪」

それから私たちは、久々に幼なじみの子に会ったときみたいに、どうでもいい思い出話をした。私は久しぶりに大声で笑って、ハミィも床を転げ回って笑った。私がピアノを弾いて、ハミィが歌った。ハミィと一緒だとなぜか不思議とリラックスして演奏できる。

それから送別会の日が晴れるようにと、二人でてるてる坊主を作った。ハミィは自分の形を真似て作ったつもりが、耳のところがうまくいかなくて、肉まんみたいになっちゃったけど……。

楽しい時間はあっというまに過ぎる。ハミィがメイジャーランドに帰る時間が来た。

「じゃあ、ピーちゃん、元気でニャ♪」

ハミィはピーちゃんを抱き上げて頬ずりした。

ハミィが時々私の家にやってくるのは、ピーちゃんの様子を見に来るためでもある。メフィストとアフロディテ様にそう言われてるらしい。

つい忘れがちだけど、ピーちゃんは元はノイズだった。ノイズは悲しみを吸い取る習性があった。だから、

「響、いつも笑顔でいるニャ♪」

ハミィのお別れの言葉は決まってそれだ。

第二章　涙の送別会

「どうしたの？　響ちゃん」

その日は王子先輩とのレッスンで、場所は学校の音楽室だった。

優しい王子先輩はすぐに私の異変に気づいて、レッスンを止めて、たぶん、というか、きっと浮かない顔をしていただろう私の目をのぞき込んだ。

ドキッとした。ごめんね奏。

「なんかいつもとピアノの音が違うなぁって」

王子先輩は鋭い。いや、繊細だから私のちょっとした変化にいつも気づく。

情熱的すぎて他人には大ざっぱな誰かさんとは大違い。

ごめんねパパ。

「私もそう思ってたんです。なんか最近音が違うなぁって」

「そうなんだ……でもそれってよくあることだよ。ピアノは正直で繊細だから、弾いてる人のすべてを感じ取って、音にするものだから」

「ふーん」

王子先輩の言葉は優しいメロディみたいで、その内容は美しいポエムみたいだ。

「僕もたまにあるよ、そういうこと。いくら強がっても、ピアノだけはごまかせないからね」

王子先輩はそう言って髪をかきあげ、目を伏せた。

こんな憂鬱そうな王子先輩、初めて見た。

その表情を見ていると、これが送別会前の王子先輩との最後のレッスンだということもあって、なんだか胸がしめつけられるような気がした。

「友達と思いがすれ違うのもよくわかる。いくら仲がよくても違う人間だからね。わかり合えないこともある……」

王子先輩が「友達」について話し始めたのは、レッスン前に私が奏やエレンやアコの話をしたからだ。

「何かあったんですか？　先輩」

「……ううん。大したことじゃないよ」

無理して笑ってみせるその目を見たら、また胸が苦しくなった。

ささいなことで友達と言い争いをしてしまったらしい。

意外だった。王子先輩でもそんなことがあるんだ。

こんなに穏やかで、こんなに相手のことを思いやることができる先輩が、友達と言い争うなんて……。

「あるさ。僕だって普通の人間だよ」

今度の笑顔は無理なんかしてないように見えて、私も少し笑った。

「悲しいよね、そういうのって……でもそれは友達だから悲しいんだね」

王子先輩は半分自分に言うみたいにそう呟いた。

そっか。友達だからか。

確かにどうでもいい人だったら、悲しいなんて思わないはず。

「ごめん。じゃあ続けようか」

いつもの優しい笑顔の王子先輩に戻った。

私はピアノを弾きながら、久々に嬉しい気持ちになった。

憂鬱そうな王子先輩を見たのに嬉しいなんてちょっと変だけど、でも、ふとしたことで気持ちが通じ合ったみたいな気がして、本当に嬉しかったのだ。

「もし緊張したらね」

王子先輩がピアノを弾きながら私の目を見て言う。

「私は世界一の幸せ者だって、そう思えばいいんだよ」

「世界一の、幸せ者？」

「そう。だって大勢の人に自分の音を聴いてもらえるなんて、こんなに幸せなことはないはずだよ」

「そうですね」

私は微笑んで、鍵盤に指を滑らせた。

「いいね。その調子」

王子先輩のその言葉は、調子が出てきた私の指を優しくくすぐった。

大丈夫。

私はもうすぐ訪れる送別会の舞台を思った。

きっとうまくいく。

だって私は、世界一の幸せ者なんだから！


その日の朝、窓際にたたずむピーちゃんの背中越しに空が見えた。

やっぱり曇っている。予報通りだ。

今日は送別会の日。

ハミィと一緒に作ったてるてるぼうずの効きめはイマイチだった。

めんどくさいって言って肉まんみたいに作ったハミィのせいだぞっ！

「でもパパの心は今日も晴れわたっているよ〜」

パパはどんなときも前向きで、今日も朝からボリュームが大きい。声の大きさだけじゃなくて、なんていうか存在そのものが？

おまけにトーストを食べるのが下手だから、パパの口元は今日もパンくずだらけだ。

私はといえば、パンも牛乳も味わう余裕はなくて、ただ噛(か)んだり流し込んだりしているだけ。そして指は忙しくテーブルの上の透明の鍵盤を弾いている。

「響。パンを食べるときはそれを楽しむ。ピアノを弾くときはそれを楽しむ。なぜなら……」

話が長くなりそうだったから、速攻で部屋に戻って衣装に着替えた。

空は何度見ても曇っている。雨が降る確率は五〇％らしい。

ふと思った。

それって今日の演奏がうまくいく確率みたい。

だってその可能性の半分は奏が握っている。

結局、満足に合わせられなかった。

「次からは絶対練習行くから」

そう言いながら来たのは三回？　いや、一回はくだらないことで喧嘩して時間がなくなっちゃったから、正味二回かな。

演奏会じゃないから別に失敗してもいいんだけど、なぜだろう、絶対に失敗しちゃいけないと思ってる自分がいる。

いや、ほんとはなぜかわかっている。

今日失敗したら、私の、いや、私のだけじゃない。奏やエレンやアコの、何か大切なものが壊れてしまう気がしてるからだ。

その大切なものが何かは……わかっているようで、わからない。

送別会の会場は町にあるホールだ。

入り口にあふれる町の人々を見て、この町に生まれ育ってよかったと心から思った。

こんなドジでおっちょこちょいの私のために、みんなありがとう。

そんな嬉しい気持ちのまま、緊張もふわーっとどこかへ消えてなくならないかなって思ったけど、無理だった。

本番が迫るにつれて、どんどん緊張してきた。

緊張したところを一度も見たことがないパパが羨ましい。

「音を楽しむ。それが音楽だよ響」

音吉さんの「ズレとる」と同じくらい何度も聞いたおなじみの台詞だ。

わかってるけど、それがいちばん難しいの!

「だいじょうぶ」

王子先輩の台詞はまだそんなにたくさん聞いてないけど、やっぱりこの言葉からはいちばん元気をもらえる。

「響ちゃんが弾くピアノの音、僕は大好きだよ」ありがとう王子先輩!

それから、いちばん最近もらった魔法の言葉。

「もし緊張したらね、私は世界一の幸せ者だって、そう思えばいいんだよ」

そう、私は世界一の幸せ者。

　こんなに大勢の人たちの前でピアノの演奏ができる。

　これって普通のことじゃないよね？　最高の舞台だよね？

　よし、がんばるぞ！


　エレンの演奏は舞台の袖から見た。

　自信を失っていた私を元気づけようと、急遽、前座をつとめてくれたのだ。

「違うよ響。ちょっとギター弾きたいなぁって思っただけ」

　なんてエレンは言ってたけど、ほんとはそうじゃないことぐらい知ってる。

　だって友達だもん。

　そんなふうにさりげなく励ましてくれるエレンが大好きだ。

　素敵なステージだった。

　静かな始まりから徐々に激しいサビへと向かう構成はダイナミックで、バックコーラスをつとめたトリオ・ザ・マイナーの歌声も迫力があった。

　途中で音が違ったのか、エレンが後ろの三人を睨んで、三人がいっせいに姿勢を正したときは思わず笑ってしまったけど。

　エレンは大喝采（だいかっさい）を浴びて、反対側の袖から見ていたハミィに、「どうだ！」と言わんばかりにあごを突き上げた。

そっか。あの二人は今もライバルなんだな。

でもライバルだと思っているのはエレンだけみたい。

だってハミィはエレンの歌声に感動して、ぽろぽろと涙を流してたんだから。

私もすっかり聴き惚れてしまったけど、すぐに出番だ。

反対側の袖の暗がりでスタンバイする奏が見えた。

「大丈夫？　奏」

そんな思いを視線に込めたけど、奏は目をそらしたように見えた。

私の指は宙に浮く透明の鍵盤をせわしなくたたいている。

袖からこっそり客席をのぞくと、音吉さんが険しい顔で座っていた。パパは笑顔で腕を組んで、隣に座る王子先輩と話している。

あぁ、どうしよう、失敗したら……。

きっと音吉さんに「ズレとる」って言われて、パパからは何日分ものお説教。そして王子先輩は悲しい顔をして慰めてくれるだろう。

やだ。そんなの、絶対ヤダ！

私は世界一の幸せ者。誰もこの幸せにはかなわない。

だから、恐れることなんて何もない！

そう気合を入れたことは覚えてる。でもそこから先の記憶は曖昧だ。

割れんばかりの拍手。ピアノへ向かうおぼつかない足どり。まぶしいスポットライト。
おかげで半分しか見えなかった奏の顔。
「いくよ」って小さく声をかけたのは、私だっけ？　奏だっけ？
「ズレとる」
演奏している間、ずっと音吉さんの声が頭の中で駆け巡っていた。頭の中の音吉さんは
そのうち、あのおかしな形の自転車にまたがって、私を追いかけ始めた。
「ズレとる。ズレとるぞ響ぃ――――！」
やっぱり……そう感じたこともなんとなく覚えている。
やっぱり、ズレてる。私と奏の音は。
もっと練習すればよかった。
でも奏は忙しかったし、今はピアノよりスイーツで頭がいっぱいだろうし……。
わかってる。ぜんぶわかってるよ。でも……。
奏はたぶん二回ミスをした。「あっ」という奏の声を二回聞いた気がしたから。
そこから私はずっと涙をこらえてた。たぶん。
今日の演奏を失敗したら、何か大切なものが壊れてしまう。
そう思ってたことが現実になってしまったからかもしれない。
奏はきっと、私が泣きそうになってることに気づいてた。

ずっと隣にいたから、そのぐらいすぐにわかる。

そこから奏の演奏は心細いものになって、私もそれにつられてしまったのかもしれない。

そういう弱気な気持ちは、風邪がうつるみたいに伝染して、あっというまにその場の空気を変えてしまう。

空気って目には見えないけど、感じることができる。

エレンが私のためにあたためてくれた優しい空気は、シャボン玉みたいにあっさり壊れて、それを取り戻そうと焦る私の指は、きっと強すぎたり弱すぎたりして、よけい空気を乱してしまっただけだろう。

たぶん……。なにしろ記憶が曖昧だ。

その後で覚えていることといえば……。

「ごめん」という奏の声とか、パパと王子先輩の笑顔が消えたこととか。そしてエレンとアコが話す声。「奏も忙しいからね」確かそんなことを言ってた気がする。

それは演奏が終わって、ホールの外に出てからだ。

もしかしたら私はエレンとアコに言い返したかもしれない。

「私だって忙しかったし、それでも一生懸命やろうとしてた」

そんなに強く言えたかどうか、本当はわからない。

ホールの前で、ピーちゃんが私を励ますように「ぴー」と鳴いた。

その声に振り返ると、エレンとアコが私を見ていた。二人ともちょっと悲しそうな顔だった。

やっぱり私、強く言い返しちゃったのかな。

奏がその後どこへ行ったのかは覚えてない。

奏は私がエレンとアコに言い返したのを聞いてただろうか。

わからない……。

ただ、まだ昼間だったのにすごく暗かった。

思えば、雨が降る直前で空が暗かったのだろう。

その証拠に、今、雨は激しく降りそそいで、私はホールの外のベンチに座ってる。

屋根はあるけど、時々冷たいしぶきが強い風に乗せられて、私のお気に入りのドレスを濡らしてる。

いろんな記憶が曖昧で、気づくとここに座ってた。

雨の音が、今日の私たちの冴えない演奏みたいで嫌になる。

いや、雨のほうが規則的なぶん、私たちのピアノよりマシかもしれない。

隣に王子先輩が座ってることに気づいたのは、たぶんこのベンチに来てしばらくしてからだ。

王子先輩はじっと私の横顔を見てる。

「それは悲しいことじゃないよ」

最初に聞こえてきたのはそんな言葉だった。

あんまり覚えてないけど、きっと私は王子先輩に話したんだろう。

今日の演奏のこと、もしかしたら最近の奏やエレンやアコのことも、もう一度。

最後のレッスンのときも、私の気持ちがわかるって言ってくれていた。

王子先輩は私の目を見つめてこう続けた。

「みんな時が経てば変わっていくのは当然だよ。それは悲しいことじゃない」

そう言う王子先輩の目は悲しげに見えた。

友達と揉(も)めた話はどうなったんだろう。

私は自分の問題から逃げ出すように、王子先輩の心の中をのぞこうとした。

時が経てば、変わるのは当然？

王子先輩、いったい何があったんだろう。

私を見下ろす黒くぶ厚い雲がさっきまで雨を我慢してたように、私はあふれる涙を我慢した。でもそれも長く続かなくて、涙はほっぺたをつたってすぐに口元まで流れついた。

王子先輩が差し出したハンカチは、彼の心みたいに真っ白だった。

ここから先ははっきりと覚えてる。

涙で潤んだ視界に映った足もと。見覚えがあった。

予感は的中して、それは奏だった。

奏はカップケーキの箱を手にしたまま、こっちを見てた。

その口は驚いたように開いてて、やがてその目は悲しげにうつむいた。

どうして？

私はわからなかった。

どうして奏が悲しそうな顔をしたのか……。

でもすぐに気づいた。

私は今泣いてる。真っ白なハンカチでそれを拭ってる。そのハンカチは二人きりでベンチに座ってる王子先輩のものだ。

どうしよう……。

奏がいい気持ちのはずがない。

だって王子先輩は奏の永遠の憧れで、私はそのことを誰よりも知ってるのだから。

でも私はごまかして立ち去ることはしなかった。なぜなのかわからない。驚いて一歩も動けなかったのか、それとも……。

「南野さん」

王子先輩の声に、奏があわてて微笑んだ。

私にはわかる。あれは奏の本当の笑顔じゃない。

笑ってるけどそうじゃない。あふれる思いを精一杯、心の中に閉じ込めてるだけ。

奏のあんなに悲しい顔は初めて見た。

「これ、どうぞ」

奏は王子先輩にカップケーキの箱を手渡して、足早に去っていった。

最後まで笑顔は崩さなかったけど、私のほうは一度も見なかった。

王子先輩が箱を開けると、そこにはカップケーキが二つ入ってた。

私は奏のことなら何でもわかる。

きっと二人で食べようと思ったんだ。もちろん私と奏で。

演奏をミスしたことが申し訳なくて、わざわざ家に戻って持ってきてくれたんだ。二人で食べて仲直りしようと思ったんだ。

間違いない。

そんなにはっきりわかったのに、私はその日、奏に会いに行かなかった。電話もメールもしなかった。あれからカップケーキは二つとも王子先輩にあずけて、すぐに家に帰って、眠くないのにずっと布団にくるまっていた。

第三章　不思議な声

異変にはっきり気づいたのは次の日の朝だった。

まず目覚まし時計の音がいつもと違って聞こえた。ピピピピという聞き慣れているはずの音がどこか変だった。どこが変なのかはうまく説明できない。乾いた音といえばいいのか、どこにもぶつからずに耳にまっすぐ突き刺さってくる感じ？

聞いているのがつらくなって、すぐに止めた。

最初は寝ぼけているからだと思ったけど、起きてしばらくしてからもそれは変わらなかった。テレビの音も、ピーちゃんの鳴き声も、パパの変なドイツ語も、試しに弾いてみたピアノの音も、同じように冷たくまっすぐ突き刺さってきて、どこか落ち着かない気持ちになった。

そう、音がぜんぶ変なのだ。


その日は一学期の終業式だった。

学校でも音が変なふうに聞こえるのは変わらなかった。

聞き慣れたチャイムも、先生の声も、みんなで歌う校歌も、あらゆる音がおかしかった。

和音(わおん)や何人かの友達にそのことを話したけど、みんな、「そう？」と気にも留めなかった。

嘘。私だけ？

奏とは一言だけ話した。

「響、昨日はごめん」

「……ううん」

奏はすぐに目をそらして別の友達のほうへ歩いていった。

中学の入学式の日、喧嘩してしまったことを思い出した。

あのときはただの勘違いだった。「せーので一緒に学校に入ろう」って約束してたのに、奏は待ち合わせの場所に来なかった。でも本当は来てた。同じような場所が二つあって、私たちは別々にお互いを待っていたのだ。

でも今回は違う。

練習不足で、演奏を失敗してしまった。

それは奏が悪い。つられてうまく弾けなくなった私も悪い。

その後、私は泣いてしまって、奏が大好きな王子先輩に慰めてもらった。

それは……私が悪い？

やっぱりそうなのかな……。

もちろん奏の声も変なふうに聞こえた。

でも私はそのことより、奏と心が離れてしまったように感じて、なんとも言えない気持ちになった。
明日になれば私は、この町からいなくなってしまうのに……。
空は昨日よりも曇ってて、雲はさらに黒くぶ厚くなってるように見えた。
一学期最後のホームルームを終えて正門を出ると、その雲を見上げてる奏がいた。
私は立ち止まって、奏の背中を見た。
奏は気配に気づいて振り返ったけど、すぐに私から目をそらして足早に歩き去った。
ドイツへ行く前にもう一度奏と話せるかな。
そうしたい。そうしよう。
でもその思いはなぜか、絶対にかなわないように思えた。

なんとなく家に帰りたくなくて、調べの館に立ち寄った。
ドイツに行く前に音吉さんに会っておきたかったのもある。
でも「ズレとる」という言葉が怖くて、ピアノは弾かなかった。
しばらくピアノは弾きたくない。見たくもない。
でもドイツに行ったら、当たり前だけど毎日弾くんだろうな。
はぁ、どうしよう……。
エレンもアコもいないのは好都合だった。

音吉さんと話したいことがあったのだ。

私は音吉さんに、音が変なふうに聞こえることは言わずに、奏やエレンやアコが前と変わってしまったように感じることだけを伝えた。

「大人になるとはそういうことじゃ」

音吉さんはそう言ってくれたけど、私にはそれがどういう意味かわからなかった。

「自分だけ取り残されたような気になる。でもそれは誰もが通る道なんじゃ」

そういうことらしい。

王子先輩はこう言った。「みんな時が経てば変わっていくのは当然だよ。それは悲しいことじゃない」

二人の言ってることはちょっと似てると思ったけど、でもそれで私の気持ちが晴れるわけじゃなかった。

大人になるって、こんなに悲しいことなの？

もしかしたら奏もそう感じてる？

私と奏は全然性格は違うけど、時々、まるで双子の姉妹みたいに、同じような気持ちになることが多かった。

みんな大人になろうとしてる。奏もエレンもアコも。

それは前みたいにふざけることもできなくなるってことなのかな。

いざというとき、ひとつになれなくなるってことなのかな。

もしそうだったら私は、まだ大人になんかなりたくない。

館を出るとき、音吉さんが外まで見送りにきてくれた。

「気をつけるんだぞ」

そう言って、私の背中に優しく触れた。

そんなことは今までなかったから、ちょっと不思議に思った。


その夜はドイツ行きの準備で忙しかった。

「ドイツへ行く前の日はみんなではしゃごうね」

奏とエレンとアコがそう言ってくれたのはいつのことだっただろう。

エレンとアコからは「がんばってね」ってメールがあったけど、奏からは何もなかった。

空はまだしぶとく曇ってて、月は一かけらも見えない。

夜は音がしないからいい。

そう思ったのは初めてで、自分で自分に驚いた。

これも今朝から音が変に聞こえるようになったからだ。

バルコニーに出ると、いつか奏とお互いの家から月を見ながら電話したことを思い出した。電話を切るのが寂しいから、お互いどうでもいい話を大声でして、二人だけの大切な時間を引き延ばした。

楽しかった。でも今は……。

まさかこんな気持ちでドイツへ旅立つなんて思いもしなかった。

そんな私を心配したのか、ピーちゃんが寄ってきて、膝の上に乗った。

パパが様子を見に来て、ドイツの素晴らしさを語った。

でもどんな音ももう普通には聞こえない。

ピーちゃんの鳴き声はいつもと違うし、パパの声も「早くドイツへ行きなさい」と急き立てているように聞こえた。

私はピアノの部屋の鍵を閉めて一人きりになった。

ピアノの前に座って、おそるおそる鍵盤を押さえた。どの鍵盤を押さえても、冷たく乾いた音しか出ない。

私、いったいどうしちゃったんだろう……。

黒い雲を見たくなくてカーテンを閉める。

そのことを責めるように夜風が窓をたたく。

眠りにつくまで、いつもよりうんと時間がかかった。

次の日の朝、私は目覚まし時計が鳴る前に目覚めた。

「響、大変だ」

パパの声がしたからだ。

でもいつもと違う。昨日からあらゆる音がおかしく聞こえるせいもあるけど、それだけじゃない。いつもの元気いっぱいのパパじゃない。声だけじゃない。その目も、その表情も。パパから伝わる何もかもがいつもとまるで違う。

「王子君がいなくなったそうだ」

私は耳を疑った。

「王子先輩が？　いなくなった？」

パパが言ったことをそのまま返すだけで精一杯だった。

「ああ。家には帰ってない。学校にもいない。昨夜からずっと、町のみんなが手分けして捜してる」

私はすぐに着替えて町へ出た。

時計塔の前に町の人たちが大勢集まって、王子先輩の話をしていた。みんなの声はいつもと違って聞こえたけど、そんなことは今はどうでもよかった。

王子先輩が、いなくなった？

さっきからこの言葉しか頭に浮かばない。

何度繰り返してもまだ信じられない。

「響」

その声に振り返ると、エレンとアコが立っていた。

アコは音吉さんから報せを聞いて、メイジャーランドからわざわざ駆けつけたのだという。

私は三人で王子先輩を捜しながら、「友達から聞いた」というエレンから、いなくなる前の王子先輩の情報を聞いた。

昨日の夜、王子先輩は学校で遅くまでピアノの練習をした後、友達と一緒に帰ったらしい。王子隊と私たちが呼んでいるいつもの仲間だ。

王子先輩はいつもと変わった様子はなく、ピアノの話や他愛ない話をして笑っていたという。そして途中でみんなと別れた。でも家には戻ってこなかったという。

心配した王子先輩のご両親が町の人たちに相談して、みんなで夜通し捜したけど、王子先輩はどこにもいなかったらしい。

学校にも、時々一人で立ち寄っていたという浜辺にも……。

王子先輩は携帯電話を持って家を出ているらしいけど、両親がかけても友達がかけてもまったく通じないらしい。

アコが不安そうに言った。「何か犯罪に巻き込まれたのかも……」

犯罪って、誘拐とか？　まさか……。

「それはありえないと思う」

冷静なエレンがそう言った。

「だってここは加音町だよ？　誘拐なんてあるはずがない」

確かにその通りだと私は思った。

「だとすると」とアコが言う。「何か悩んでいて、家出したとか？」

頭の中に憂鬱そうな王子先輩の横顔が浮かんだ。友達と言い争ってしまった。王子先輩はそう言ってた。

でも私はそのことをエレンとアコには言わなかった。詳しい事情を知らないのに噂話をするみたいで嫌だったし、それぐらいのことで王子先輩が家族や町の人たちを心配させるなんて考えられなかったからだ。

とにかく、この平和な加音町で物騒なことなんて起こるはずがない。

そして、王子先輩が理由もなく家出をするとも考えられない。

王子先輩、いったいどこへ行っちゃったんだろう……。

日が暮れかける頃、私たちはしぶしぶ捜すのをあきらめた。

町の人たちに声をかけられたからでもある。

「また誰かが危ない目にあうといけない」

それが町の人たち共通の意見だった。

私はドイツ行きを延期してもらうことにした。

こんな気持ちのまま留学なんて行けない。

「しかたないよね」と、エレンが慰めてくれた。

「大丈夫。すぐに見つかるよ」と、アコがまるでお姉さんみたいに私の肩にそっと手を置いた。

エレンとアコと別れてからも、王子先輩の憂鬱そうな横顔が頭から離れなかった。

それは胸がしめつけられるような記憶だった。

時計塔の前を通ったとき、泣き崩れている王子先輩のお母さんを見た。その泣き声もどこか変な声に聞こえた。

私はなんて声をかけていいかわからなくて、そっとその場を立ち去った。

「怖いわね」「この町に誰か悪い人が隠れているのかしら」

そう囁き合う町の人たちの声も変な声に聞こえて、私は思わず耳をふさいだ。

何かがおかしい。ずっとそう感じてる。

何の問題もなく回っていた歯車が、あるときを境にズレ始めて、おかしな音を立てて回り続けてる。

送別会で演奏を失敗して奏と気まずくなった。黒い雲が町を覆って、今も不気味に私たちを見下ろしている。そして、音が変なふうに聞こえ始めて、あの優しい、誰にも嫌われるはずもない王子先輩が、突然町から姿を消してしまった。

「ぴー」

振り返ると、ピーちゃんが真っ黒な雲を見上げて鳴いていた。いつもの声と違って、すごく悲しそうな声だ。あんな声で鳴くピーちゃんを初めて見た。

「ぴー、ぴー」

私は暗い空を見上げた。そして視線を感じてそのほうを見た。

奏だ。遠くからこっちを見ている。ずっと王子先輩を捜していたのか、疲れきった顔で。

一瞬目が合ったけど、奏はすぐに目をそらして自分の家のほうへ歩いていった。

「心をひとつに」

またあの言葉を思い出した。

私たちは今、それができてるだろうか。

その答えはすぐにわかったけど、認めたくなくて頭の中で打ち消した。

ピーちゃんはまだ鳴いてる。

町を覆う不気味な黒い雲は、すべてを知るように私を見下ろしていた。

それから三日が経った。

王子先輩はまだ見つからない。

警察も捜したみたいだけど、どこにもいないらしい。

近くの町でも王子先輩を見たという人は一人もいないそうだ。

私も毎日、エレンとアコと一緒に捜した。思いつく場所を全部。

でもこの町はそんなに広くはない。三日も経てばもう捜す場所は一つもなくなってしまった。

まるで神隠しみたい。

犯人が神様なら、こんなひどいこと今すぐやめて。今すぐ王子先輩を返して。

どんなときも明るいパパもさすがに口数が少なくなった。

町も前よりうんと静かになった気がする。みんな王子先輩のことを心配してるんだろうけど、時が経つにつれ、だんだんその話をしなくなっていった。日に日に黒くぶ厚くなっていく雲が、みんなの気持ちを暗くさせてるみたいに思えた。

奏の家の前を通りかかると、店にはお客さんが一人もいなかった。

いつもはみんなお目当てのカップケーキを買うために列を作っているのに。

あれから町を歩く人がどんどん少なくなってる気がする。

「誰も音楽なんか聴きたい気分じゃないよね」

調べの館に行くと、路上での演奏をあきらめたエレンが悲しげにギターを爪弾きながらそう言った。

そう言われれば、町に流れる音楽も少なくなった。

「曲を作ろうと思っても、悲しいメロディしか浮かばないんだよね」

エレンがそう思うのも当然だ。

王子先輩はこの町のアイドル。彼のことを嫌いな人なんて一人もいないはず。もちろん彼が誰かに恨みをかうなんてことも絶対にありえない。

そんな人が突然姿を消したのだ。町中の人が悲しむのも無理はない。

私は部屋に戻るエレンを見送って、館の前を掃除している音吉さんに声をかけた。

今日ここへ来たのはエレンに会うためじゃない。音吉さんに話したいことがあったからだ。

ずっと気になっている、あのこと。

「音が、変なんです。聞こえてくる音が、今までと違うっていうか……」

私がそう切り出すと、音吉さんはちょっと驚いたような顔で私を見た。

「なんていうか、どんな音も、冷たく乾いてるっていうか、悲しげっていうか……」

「実はワシもじゃ」

今度は私が驚いた。自分だけだと思っていたからだ。

「音吉さんも？」

「ああ。少し前から感じとった。今回の王子君のことと関係があるかどうかはわからんがな」

私は自分だけじゃないと知って、ちょっと安心したけど、それで明るい気分になれるはずもなかった。

「おまえは毎日ピアノの練習をして、ワシは毎日パイプオルガンを弾いて、音を確かめている。つまり、ワシもおまえも音に敏感になっている。だから音の小さな変化に気づいてしまったのかもしれん」

「気のせいかもしれないってこと？」

「そうだといいんだがな……もしこれが気のせいでないとしたら……」

音吉さんは掃除の手を止め、黒い雲を見上げて呟いた。

「また戦いのときが来るかもしれん……」

戦いのとき？

私は音吉さんが言った言葉の意味がわからないまま家に帰った。

ピアノの前に座ってみたけど、鍵盤を押さえる気にはなれなかった。

あの変な音は、もう聞きたくない。

私はつらい現実から目を背けるように、あらためておかしな音について考えてみた。

普通の音とどこがどう違うんだろう？

たとえば「あ」という音は、「あ」という一文字だけど、それだけじゃない。

「あ」と口にした後に、それ以外の何かが残る。それは、うまく言えないけど、その音を優しく包む何か。その何かがあるのが今までの音で、何もないのが、今の音。

確かにその通りだと思ったけど、誰かに説明してみろと言われたら、きっとうまくできないだろうなと思った。

普通の音を聞いても悲しくならないけど、あの変な音を聞くとなぜか悲しくなる。

それもその通りだと思ったけど、まだ何かが足りない。この不思議な感覚をきちんと説明できてない。

「王子先輩を消したのは、私」

そう。今みたいな音。柔らかさがまったくない、むきだしの……。

え？　今、誰かしゃべった？

耳の奥で何かが聞こえた。でもあまりにも一瞬だったから聞き取れなかった。

いや、違う。ほんとはちゃんと聞こえた。

でも恐ろしくて、認めたくなかった？

「王子先輩を消したのは、私」

もう一度聞こえたその声に私は震えた。全身に鳥肌が立って、体中の血の流れが止まってしまったような気がした。

誰？

心の中で問いかけてみたけど、返事はなかった。

でも確かに聞こえたその声は、他のすべての音と同じように、冷たく乾いていて、悲しげで、柔らかさのかけらもなく、あまりにもむきだしで……。

そして、どこかで聞いたことのある声だった……。

第四章　消えかける絆

あれからもう何日経っただろう。

悲しくて五日目から数えるのをやめてしまったけど、もう一週間は過ぎているはずだ。

王子先輩はまだ戻ってこない。それどころか手がかりさえ見つからない。

絶対に認めたくないけど、もう認めるしかない。

王子先輩は、もう二度と戻ってこないかもしれない。

そう感じてるのは私だけじゃないはずだ。みんな口にはしないけど、町を包む空気でわかる。

あれから、王子先輩がいなくなってから、音楽と笑顔であふれていた加音町はすっかり変わってしまった。

昼間でも町を歩く人は少なくなったし、夜になればほとんど誰もいなくなる。

いつも町に流れてた音楽もすっかり聴こえなくなった。

それだけならしかたない。みんなが王子先輩のことを悲しんで自然とそうなってしまったのだから。

でも……。

いちばん変わったのは町の人たちだ。

町を歩けばすぐにわかる。誰もが警戒するような目でお互いのことを見ている。

会えばそんなに親しくない人同士でも微笑み合い、声をかけ合う、そんな優しい町だったのに……。

前はほとんど耳にすることがなかった噂話もよく耳にするようになった。

この噂話を聞くのがいちばんつらい。

「町に誘拐犯が潜(ひそ)んでいるらしい」「王子君はその犠牲になったみたいだ」「あそこの家の息子が怪しいらしいよ」「いや、その隣の家のおじいさんだって聞いたわ」……。

みんな不確かな噂話を、「誰かがそう言ってた」「みんなそう思ってる」という、真っ黒な包み紙にくるんで、姿の見えない犯人を捜してる。

そもそも私は噂話が嫌いだ。パパもママもそうだと言っていた。

「響はそんな話をするような子にならないでね」

私はパパとママの言いつけを守って、噂話を嫌ってきた。

でもどんなに嫌いでも、人は噂話という化け物に飲み込まれそうになってしまう。

それがここ最近、町の人たちを見ていて思ったこと。

噂話をする人をじっと見てると、そのうち目が合って、自分も悪い噂を立てられてるんじゃないかという気持ちになってしまう。そして知らないうちに、噂話の世界へ引きずり込まれてるような感覚におちいってしまう。

それがいちばん恐ろしいのだ。

とにかく、私の大好きな町はすっかり変わってしまった。

変わらないのは、みんなの声や時計塔の音楽が、あいかわらず変な音に聞こえること、そして、送別会の日からずっと暗いままのあの空だ。

こんなに長いこと、曇り空が続いたことなんてあったっけ？

そんな話を誰かとしたかったけど、誰とも話をする気になれない自分がいる。


ある夜、バルコニーから、遠くに見える奏の家を見た。

バルコニーに誰かが立っているのがぼんやり見えた。

こんな時間だ、奏太のはずはない。奏のお父さんやお母さんがじっとバルコニーに立ってるなんて、今まで一度も見たことがない。

きっと奏だ。

私に気づいてるかどうかは、この距離と暗さじゃわからない。

懐中電灯を取ってこようかな。

前はよく奏と懐中電灯を照らし合って「おやすみ」の合図をしていた。

でもあの懐中電灯、どこにやったっけ？　しばらく使ってないからわからない。

人影はさっきからずっと動かない。目をこらすと、夜空を見上げているようにも見える。

あれがもし奏なら、何を思ってるんだろう。

やっぱり、王子先輩のこと？

奏は王子先輩のことが好きだった。ううん。「だった」なんて言ったら、王子先輩が本当にいなくなってしまったみたいで嫌だ。

奏は王子先輩のことが好きだ。

だからきっと誰よりも悲しんでるに違いない。

そのとき、頭の中を支配したのはあのときのことだ。

私と王子先輩が二人でいるところを、奏に見られたときのこと。

奏と話したい。

そう思いながら、話しかける勇気を持てないまま、時間だけが過ぎてしまった。

王子先輩は奏からもらったカップケーキを食べただろうか。

そして今、どこにいて、何を考えてるんだろう。

そんな答えのない問いかけを頭の中でしているうちに、人影は消えてしまった。

きっと奏が家の中に戻ったんだろうけど、奏まで消えてしまったように思えて、たまらない気持ちになった。


「かなで」

次の日の午後、私は家から出てきた奏に声をかけた。

チャイムを押す勇気がなくて、ずっと外で待ってたのだ。

奏は驚いた顔をして私を見た。

「どうしたの？」

そう答えてくれたけど、私の目は見ないままだった。

「少し、話せない？」


時計塔まで歩く間、私たちは一度も口を開かなかった。

空は相変わらず曇ってて、時々吹く強い風が、歩く私たちを押し戻す。

最初に口を開いたのは私だった。でも奏のことは見ずに、時計塔の前にしゃがみ込んでぼそっと話すのが精一杯だった。

「……あのときはごめんね」

「……あのとき？」

何のことかわからないみたいに奏が小さな声で返した。

嘘。わかってるくせに。

そう言いたかったけど言えなかった。

あのときと言ったらひとつしかない。

王子先輩と二人でいるところを奏に見られた、あのとき。

「二つとも王子先輩にあげたの、カップケーキ」

た。

「慰めてもらってたから、そのお礼っていうか……」

言葉を重ねれば重ねるほど、本当に言いたいことがするっと逃げてしまうような気がした。

「慰めてもらったっていうか、なんていうか、演奏がうまくいかなくて落ち込んでたから……」

「私も……ごめんね響」

「ううん。あのとき、慰めてもらってるだけって、そう言えばよかったのかもしれないけど」

「なんで？」

「なんでって……」

「別に気にしてないよ私」

こっそり奏を見ると、壁にもたれて立っている奏の目は、私のほうじゃなくて、暗い空をぼんやり見上げていた。

気にしてないなんて嘘でしょ？　そう思ったけど何も言わなかった。

「だって響はずっと王子先輩にピアノを教えてもらってたんでしょ？」

「……そうだよ」

「だからうまくいかなくて慰められるのは当然じゃない？」

「そうだけど……」

「あのときも私、そう思ったよ。別に響と王子先輩のこと、変なふうに思わなかったし」

奏の小さなあごは少し上を向いてた。そういうとき、奏は本心と違うことを言うことぐらい、私にはわかってる。

「悲しくなかった？」

そう聞くことはちょっと残酷に思えたけど、どうしても私は知りたかった。

奏とはこれからもいちばんの仲良しでいたい。

だから二人の間に、ほんの小さな傷も、残したくない。

「そんなこと、聞かなきゃわからない？」

それは予想外の言葉だった。

「友達なのに、わからないの？」

語尾がちょっときつく響いた。

奏の声がいつもと違って変に聞こえるからということもあったけど、そんなこと関係なく、その声はどこにもぶつからずにまっすぐ私の胸に突き刺さってきた気がした。

「……わかるよ」

「……どうわかるの？」

誰もいない時計塔の前に風が吹いて、奏の髪を意地悪に乱した。

「どうって……奏は、悲しいんじゃないかって思った」

「……そう」

その「そう」は「そうだよ。悲しいよ」って言ってるみたいにも、「そう?」って、はぐらかしてるみたいにもどっちにも思えて、私はじっと黙り込んだ。

「……うまく言えない」

奏はそう言って、私の隣にしゃがみ込んだ。

「悲しいけど、しかたないって思った。でも……」

奏は地面をじっと見つめて言葉を続けた。

「それだけじゃない」

奏が次の言葉を飲み込んだ。

「……どういうこと?」

「そんなことあるわけないいんだけど、響が私に仕返ししてるみたいって……」

「仕返し?」

「私がピアノの練習に行かなかったから、演奏はうまくいかなかった。だから、響が頭にきて、わざと王子先輩と仲良くしたのかなって」

「そんな」

「わかってる。そんなはずないってわかってるの。響が私にそんな意地悪なことするわけないって」

「そうだよ。するわけないじゃん、そんなこと」

でも……私は私の心に聞いてみた。

ほんとにそう？　ほんとに意地悪な気持ちは一ミリもなかった？

私の中の私は何も答えてくれなかった。

すると奏が私の心を察したように言った。

「もうやめよう。王子先輩が悲しむから」

立ち上がる奏を見て私は思った。

何よ、自分から変なこと言い出したくせに。

するとまた強い風が吹いて、私の意地悪な心みたいに奏の髪をくしゃくしゃに乱した。

「なんとも思ってないって言ったのに」

言った瞬間、すぐに後悔した。

「え？」

奏が責めるような目で私を見る。

「だってさっきそう言ったでしょ？　なのに、私が意地悪したなんて」

「言ってない」

「え？」

「『なんとも思ってない』なんて言ってないよ。『変なふうに思わなかった』とは言ったけど」

「それって同じことでしょ？」

「全然同じじゃない」

いつもの私たちの喧嘩だ。さっきああ言ったこう言ったって、ささいなことで揚げ足をとり合って、お互い引かずに、ムキになって……。

でも今日のはちょっと違う。

「何よ今の変な顔」

喧嘩の途中でどっちかがそんなことを言って、お互い笑ってしまって、あっというまに仲直り……なんていつもみたいにはいきそうもない。

奏は睨むように私を見て、振り返って歩き去った。

いつもみたいに、プイッてあごを突き出して、可愛くスネる奏じゃない。

やっぱり今日のは違う。あの空みたいに、暗くて静かな喧嘩だ。


私は嫌な気持ちを引きずったまま家に帰った。

奏の家なんか、行くべきじゃなかった。

やっぱり奏は気にしてたんだ、私と王子先輩のことを。

絶対にそうだとは思ってたけど、実際そうだってわかったら、なんかすごく、やり切れない気持ちになった。

夜になって、窓から奏の家のほうを見た。

奏がバルコニーに出てきたらいいのに。そう思ったけど、同時に、絶対に出てきて欲しくないとも思った。

なにこれ。

私は今、私の本当の気持ちがわからない。


次の日、町内放送の始まりを告げるチャイムが鳴ったとき、きっと誰もが王子先輩の無事を知らせる放送であることを願ったはずだ。

私ももちろんそう。

でもその内容は、町をさらに変えてしまうきっかけとなってしまった。

さらに何人かの町の人たちが姿を消したのだという。

その中には聖歌先輩も含まれていた。

王子先輩と聖歌先輩はもちろん顔見知りだろうけど、それほど親しかったわけじゃない。

他にいなくなった人たちも、王子先輩や聖歌先輩と関係が深い人たちじゃない。

つまり、いなくなった人たちに特別な共通点はないということだ。

でもさらにひどくなった町の人たちの噂話は、あるはずのない事実をつくり出そうとしていた。

「王子君と聖歌ちゃん、実は付き合ってたらしいわよ」

そんなはずないから、それは聞き流すことができた。

でも……。

「最近、聖歌さんと揉めてた子がいるらしいの」

「え、誰？」

「それはね、同じスイーツ部の後輩の……」

それはなんと奏のことだった。

噂話によれば、奏は自分が作ったケーキをけなした聖歌先輩と喧嘩をして、そのことを恨みに思っていたらしい。だから奏が聖歌先輩を……。

そんなこと、あるわけない！

私はすぐにそのくだらない噂を頭の中から追い払った。

でも次の瞬間、私は私に驚いた。

私は想像の中で、ありもしないストーリーをつくり始めたのだ。

奏は王子先輩が好きだった。でも王子先輩が私と二人きりでいるところを見てしまって、悲しくて、それで王子先輩を……。

やめて！

私は私に叫んだ。

これじゃ私も無責任な噂話を繰り返すあの人たちと同じだ。

でも確かに今そう思ってしまった。

私って、本当はそんなひどいことを考える人間だったの？

「仕返し」。奏に言われた言葉が頭に甦った。

もしかして私って、すごく意地悪な人間なんだろうか……。

私はそんなもう一人の自分を振り払いたくて、町中を歩き回って聖歌先輩を捜した。

何も考えないように、感じないように、何度も大声で聖歌先輩の名前を呼びながら、学校や町の中を捜しまくった。

でも聖歌先輩はどこにもいなかった。

途中で、同じように聖歌先輩を捜すエレンとアコに会った。

「私たちでなんとかしたい」

アコがそう言って、エレンも「同じ気持ちだ」と言った。

私たちとは、私とエレンとアコと、奏。つまりプリキュアのことだ。

私は音吉さんの言葉を思い出した。「また戦いのときが来るかもしれん……」

確かに、いなくなるはずのない人たちが次々といなくなってるのは不思議だ。もしかしたらノイズのような敵がしかけていることかもしれない。

「ねぇ、そう思わない？　響も」

エレンの目は本気だ。もしこれが敵の仕業だとしたら、それを解決できるのは私たちプリキュアだけ。

でも……。

「……無理だよ」

私は自分で自分の言葉に驚いた。そんなふうに答えるつもりはなかったのに、気づくとそう口にしていた。

「どうして？」

信じられないといった顔でこっちを見ているアコに答えた。

「だって……プリキュアは心をひとつにしないと戦えないから……」

確かにその通り。

最近の私たちはバラバラだ。一緒に戦ってたのはそんなに前のことじゃないのに、はっきりと思い出せないほど遠い記憶になってしまってる。

だから今の私たちじゃ、戦えるかどうかわからない。

確かにその通りなんだけど、私は二人に本当の思いを隠してるような気がしていた。

だってあのとき、私に冷たくしたじゃない。

心の中の自分がそう言ってる。

「たまにはみんなで海にでも行かない？」

四人の心がバラバラになってしまうのが嫌でそう切り出したのに、みんなの返事はつれなかった。

エレンとアコは、私が隠した本心に気づいたのかはわからないけど、「奏のところに行こう」と、エレンが私の手を引いて歩き出した。


三人で時計塔の前を通ったとき、そこに集まってる人たちの声が聞こえた。

「これ以上誰かがいなくなったら怖いね」「今度は自分の番かもしれない」「プリキュアになんとかしてもらいたいわね」

私たちはその声に立ち止まった。そして信じられない言葉を耳にした。

「プリキュアの正体、奏ちゃんらしいわよ」

驚いた。いったい誰がそんなこと……。

私はそう思っただけだけど、エレンはその思いを口にして、その人たちを問いつめた。

「誰がそんなこと言ってたんですか？」

突然そう問いかけられたその人たちは、驚いたような顔をして私たち三人を見た。

「誰って……」「わからないわ。ただの噂よ」

噂というのはほんとに恐ろしい。
王子先輩がいなくなってから、私はそのことが痛いほどわかってきた。
誰に聞いても、「誰かが言ってた」と言う。
だからその噂を言い出した張本人には、永遠にたどりつけない。
それが噂というものだ。
「あなたにはそれが誰かわかってるはず」
再び歩き出した私の耳に誰かがそう言った。
またあの声だ。耳の奥に突き刺さるような冷たい声。
「誰？」
思わずそう口にしてしまったから、エレンとアコが不思議そうにこっちを見た。
「ううん、なんでもない……」
誰なの？
今度は心の中で呟いてみた。
その声は絶対に聞いたことがある。
確かにそう感じるのに、それが誰の声なのか、どうしてもわからない……。
それから私はエレンとアコを家に呼んで話した。

パパはいなくなった町の人たちを捜すために外へ出かけていた。

エレンとアコが家に遊びに来るなんて、いつ以来だろう。

私は二人にジュースとお菓子を出しながらそう思った。

ううん、違う。

私はこの現実から逃げようとしている自分に気づいて、すぐ打ち消した。

二人は今、遊びに来てるわけじゃない。

突然この町を襲った不幸について話し合うために来たのだ。

「奏とは会ってる？」

エレンが私の顔をのぞき込んでそう尋ねた。

「……会ったよ、昨日」

私は正直に二人に話した。

奏とは会った。でも気まずくなってすぐ別れた。

「何を話したの？」

今度はアコが私の顔をのぞき込んだ。

「何って……いろいろ」

適当にごまかそうとしたけど、二人の目がすぐに私の逃げ場をふさいだ。

私は観念して、奏と話した内容を伝えた。

「奏は怒ってた。私と王子先輩のことを」

「怒ってた？　どういうこと？」

私はそう尋ねるエレンの目を見ながら、あのときのことを思い出した。

話したくないけど、もうごまかすことはできない。

送別会の後、演奏がうまくいかなかった私はホールの前で王子先輩に慰められた。

王子先輩は泣いた私にハンカチを差し出してくれた。

それを奏に見られてしまった。

王子先輩とは別に何もなかったけど、そのことを奏に説明できなかった。

「奏、きっと悲しかったんだと思う」

エレンとアコが顔を見合わせた。

二人はどう思っただろう。

私のことをずるい人間だと思っただろうか。

「奏はね、私が仕返ししたと思ったんだって」

「仕返し？」

「奏が演奏を失敗したから、仕返しで私が王子先輩と仲良くしたんじゃないかって」

「そんな……」

アコが「ありえない」という顔ですぐに反応した。

「響がそんなことするわけないよね？」

「もちろん。確かに奏はあんまり練習に来なくて、結局演奏も失敗したからちょっと頭にきたけど、仕返しなんてそんなこと……」

エレンがこっちをじっと見ている。

私はその目が怖くて思わず目をそらしてしまった。

「私も」とエレンが切り出した。「響がそんなことするわけないって思ってるけど」

「けど？」

「少しもそんな気持ちがなかったとは言い切れないんじゃない？」

ドキッとした。

「どうして？」

「だって、誰にだってそういうずるい気持ちはあるから」

エレンは大人だ。一人の中に良い心も悪い心もあることを知ってきたから、きっとそう言えるんだろう。

「そういう、自分でも意識しない小さな悪い心が人を傷つけることもあるんじゃないかな」

アコが驚いたようにエレンを見ている。

エレンがそんなアコを安心させるように言う。

「でもこれは私が自分の中の悪い心とずっと戦ってきたから、そう思うのかもしれないけどね……」

「そうなんだ……」

　アコが幼い子どものように素直にうなずいて、私に尋ねる。

「響は王子先輩のことが好きだったの？」

「……好きだよ」

「え、そうだったの？」

「違う。好きっていうのはそういう意味じゃないよ。ピアノを教えてくれたし、いつも優しくしてくれたし、だから、人として好きっていう意味」

「それと私の言ってる『好き』は違うの？」

「違うよ、たぶん……。そうだよね？　エレン」

「うん、たぶんね……」

「ふーん……」

　まだ知らない世界をのぞいてしまったアコは、あまり納得してないような顔でそう言って、私とエレンを見た。

　エレンは大きく息をついて、誰を見るでもなく言った。

「奏が悲しかったのは、そのことだけなのかな……」

「どういう意味？」

　エレンは私の問いかけに答えなかった。ただじっと私の目を見て、静かに尋ねた。

「響は、奏のことが好き？」

「好きだよ。当たり前でしょ」

「その気持ちは、今までと同じ？　奏と初めて会ったときとまったく同じ？」

　私は一瞬言葉に詰まった。

「同じだよ。同じに決まってるじゃない」

「響は、奏を信じてる？」

「え？」

「町の人は言ってたよね？　王子先輩や聖歌先輩がいなくなったことに、奏が関係してるんじゃないかって」

「言ってた」とアコが反応する。「それだけじゃないよね？　プリキュアの正体は奏なんじゃないかって」

「そんなことあるわけないじゃん。二人は信じてないの？　奏のこと。奏が王子先輩や聖歌先輩を消したとでも思ってるの？」

「信じてるよ」

　ほぼ同時にエレンとアコが答えた。

「じゃあエレン、なんでそんな話……」

「私は知りたいの。響が奏を信じてるかどうか」

「信じてるに決まってるじゃない」

「じゃあなんで、みんなあんなこと言ってるんだろう」

「知らないよそんなの。ただの噂話でしょ？」

「誰がそんな噂」

「知らないって」

　私は少しきつく返した。

　エレンとアコの声がいつもと違っておかしく聞こえてるから、その声に耐え切れなかったのかもしれない。

　いや、それだけじゃない。

　仲間であるはずのエレンがずっと私を試すみたいに聞いてきたから。

　そうなのかもしれない。

「エレン、何が言いたいの？」

「ううん。ただ確かめたいだけ。私たちは今も仲間なのかどうか」

「仲間だよ」

「でも響はもう私たちの心はひとつじゃないって」

「だってそれは……」

それは、事実だから。

そう思ったけど、それを言ってしまうと本当にそうなってしまう気がして、私はそれを言葉にできなかった。

「響はどうして王子先輩がいなくなったんだと思う?」

エレンがまた私を問いつめる。

いったい何を考えてるんだろう。

まさか私が犯人だって言いたいわけ?

「そんなの、わからないよ、全然……。二人はどう思うの?」

エレンとアコは顔を見合わせた。

「わからない」アコがそう言ってジュースを一口飲んだ。

「私も」エレンが氷だけになったコップをカチャカチャと揺らした。

「でも」

「でも?」

私はコップの中の氷をじっと見つめるエレンに尋ねた。

「誰かが、私たちを、ううん。この町をめちゃくちゃにしようって企(たくら)んでるような気がする」

「……誰?」

「わからないよ」エレンはさじを投げるように床に寝転んだ。

「王子先輩は何か言ってなかった？」

アコの言葉で、私は王子先輩のあの横顔を思い出した。

「……悩んでた、王子先輩」

「悩んでた？　何を？」

エレンが体を起こして私を見た。

「王子先輩、友達と言い争いをしたって……。私驚いたの。王子先輩でもそんなことあるんだなぁって」

「だから」と、エレンがストローをもてあそびながら切り出す。

ストローの先から落ちたしずくが、エレンの太ももを濡らした。

「王子先輩は、家出した？」

「そうなの？」とアコが無邪気に尋ねる。

「でも」と私は反論する。「そんなことで何日も家出なんかするかな？　もしそうだとしても、これだけ騒ぎになってるんだから、戻ってくるはずだよ」

「そうかな？」

アコがエレンをまねてストローをもてあそびながらつづける。

「逆に気まずくて戻れないってこともあるんじゃない？　ていうかその友達って聖歌先輩

のこと？」

　私は意味がわからなくて、エレンと顔を見合わせた。

「だって王子先輩って聖歌先輩と付き合ってたんでしょ？　それで喧嘩して、家出したんじゃないの？」

「まさかぁ」今度は私とエレンが同時に反応した。

　それでもアコはあきらめずに、ちょっとムキになって私たちに言い返した。

「だって恋ってそういうもんじゃないの？　うちのパパとママだって、恋してるかどうか知らないけど、今でも喧嘩して、パパが家を出てったりするよ？」

　私とエレンはまた顔を見合わせて、思わず噴き出してしまった。

「アコ、もうそのへんにしといて」

「なんで？　私だってちょっとはわかるよ、そのぐらい」

　アコが精一杯背伸びして、エレンに反論する。

「それからアコ」と私はちょっとお姉さんぶってアコに言う。

「変な噂話は信じないこと」

「……別に、信じてるわけじゃないけど……。あーあ、お祭り行きたいなぁ」

　アコはとうとう考えることをあきらめたのか、床に寝転んで、小さな子どもみたいにそう言った。

「このままじゃやらないかもね、お祭り。お化け屋敷行きたかったのに」

「やめてよ」とエレンがすかさず返す。「もし今年お祭りがあっても、お化け屋敷だけは行かないからね！」

今度は私とアコが顔を見合わせて噴き出してしまった。

あぁ、こんなふうにみんなでどうでもいい話がしたい。

アコじゃないけど、私も考えることに疲れてしまった。

前みたいに、みんなでバカな話をしてずっと笑っていたい。

そう思って、「みんなで海に行こう」って言ったんだよ？　私は。

「海に行きたいね」

エレンに心をのぞかれたのかと思ってドキッとした。

「そうだよね」と、エレンはなぜかクスッと笑って、私を見た。

「そうだよ。響は正しい。私たちは今すぐ海に行くべき！」

「は？　どうしたのエレン」

「だってそうすれば、もう一度心をひとつにできるかもしれないでしょ？」

「みんなってことは、じゃあ……」

アコが微笑んで私とエレンを見る。

「もう一人、呼ばなきゃね」

私はアコが言う「もう一人」が誰なのかすぐにわかった。

「そうだね」

そう返したけど、でも心の中はちょっぴり憂鬱だった。


それから私たち三人は、まるで尾行中の探偵みたいに町を歩いた。

みんなの変な噂話を聞きたくないから、人を避けて、そーっと忍び足で、電柱から電柱へと移動した。誰かが話してるのが見えるたび、その道を避けて、またそーっと別の道を歩いた。

「なんだか知らない町みたい」

アコが楽しそうにそう言った。

「ていうか、どんどん奏の家から遠ざかってない？」

さすがエレン、いつも冷静だ。

空は相変わらず曇ってる。

こんなどんよりした暗い空の下で子どもみたいにはしゃいでるのは、きっと私たち三人だけだろう。

「ねぇ、競走しようよ」

やっぱりアコってまだまだ子どもだなぁ。

それでも私はアコに負けないように全力で走った。

負けず嫌いのエレンもムキになって走った。

ほとんど人がいない町を走るのは気持ちよかった。

そういえば最近、走ってないな。

いつも毎朝走ってたのに、最近はさすがにそういう気にはなれなかった。

ほんとだ。知らない町みたい。

アコが私のお尻をたたいて、私を抜き返した。

「ちょっと痛いよアコ。ムカつくぅ～！」

私は思った。こんな無邪気な時間が永遠に続けばいいのに。

いつのまにか王子先輩も聖歌先輩も戻ってきて、みんなでかけっこしたりして。

そして何事もなかったみたいに、楽しい夏休みになって、みんなでお祭りに行って、お化け屋敷に行って……。

でも心の片隅で、奏がずっとこっちを見てる。

やっぱり今は会いたくないな。

そう思ってる間に、奏の家に着いてしまった。

奏は家にいた。

思った通り、お店は休業中で、お父さんはしばらくカップケーキを作ってないのだという。

家から出てきた奏はそんな話をしてくれたけど、私のほうはほとんど見なかった。

「海？　俺も連れてけよアコー」

ずっと家にいてエネルギーを持てあましてるのか、奏太がそう言ってアコの髪をひっぱって、アコの周りをくるくる走り回った。

「だーめ」

さっきまでの無邪気さが嘘のように、アコは奏太をまったく相手にしない。

「これから大事な話があるんだから、子どもは家で宿題してなさい」

奏とエレンがそれを聞いて噴き出した。

私も笑ってみたけど、奏がそばにいるとどうも調子が出ない。

「さ、早く行こう」

私はうまく笑えないことをごまかすように、みんなにそう言った。

ずっとみんなで行きたかった海は、嘘みたいに静まり返っていた。

空は暗く、波も小さい。

それより何より、いつもならこの時期遊びに来てる町の人たちが、一人もいない。

それはそうだろう。

こんなときに海に来て遊ぼうなんて、誰も思わないはずだから。

私は浜辺にしゃがみ込んだ。

エレンは奏を気遣うようにその隣に座って、アコはまた無邪気な子どもに戻って小石を海に投げている。

「みんな変なこと言ってるね」

エレンが町の人たちの噂話について話し始めた。

「奏が王子先輩や聖歌先輩を消しちゃったとか？　奏がプリキュアだとか？　ほんと笑っちゃうよねー」

こんなふうに軽く切り出したのはエレンの優しさだ。

エレンが「笑っちゃう」なんてないことも私にはわかってる。

たぶん、奏もわかってるはずだ。

「……ほんと、ひどいよね……」

奏はそう言ったきり、目を伏せて黙り込んだ。

波の勢いが少し強くなって、アコが私たちのほうへ戻ってきた。

エレンが黙り込む奏を見て、言った。

「みんなきっと怖いからだろうね」

　奏がエレンを見る。

「怖いから、誰かのせいにしたがる。犯人が誰かわかれば少しは安心だから」

「どうして私なんだろ」

　奏が足もとの砂をつかんで、すぐに手の力をゆるめる。

　砂は、つかめない真実みたいに、奏の指の間からこぼれ落ちた。

「別に理由なんかないんじゃないかな」

　アコがまた大人ぶって言う。

「誰でもいいから犯人にしたいだけ。いじめと一緒」

「なるほど」

　深刻そうだった奏の目は少し優しくなってアコを見た。

「私たち、考えてみたんだ」

　エレンが奏を見る。

「王子先輩はどうしていなくなっちゃったのか」

　今度は奏がエレンを見た。

「それで？　何かわかったの？」

　エレンが私を見た。

　え、私？

奏はまだ一度もこっちを見てくれない。

私はしかたなく奏の横顔に向かって話した。

「何もわからないよ。王子先輩が家出なんかするわけないし、誰かが王子先輩を誘拐したとか、そんなことあるわけないし」

「でも悩んでたんでしょ？　王子先輩」

アコのその言葉を聞いて、初めて奏が私のほうを見た。

「そう」と言って、私はなぜか奏から目をそらすように空を見上げた。

真っ黒な雲が不気味に動いてる。雨は降りそうで、送別会の日以来ずっと降らない。

いつか降る大雨は、私と奏の気まずさをきれいに洗い流してくれるだろうか。

「友達と喧嘩しちゃったみたいで、少し悩んでたの。でもそれで家出したりすることはないんじゃないかって、さっき三人で話してて」

「そんなこと」ぼそっと奏が私の言葉をさえぎった。

「王子先輩、そんなこと響に相談したんだ？」

ちょっと空気が張りつめた。

エレンは奏を見て、アコは気まずそうに海に視線を移した。

「別に相談されたわけじゃないよ。相談したのはたぶん私。実はあのときのこと……」

そこから先は声が少し小さくなるのが自分でもわかった。

「あのとき……送別会の後のこと、あんまり覚えてなくて」

「相談って、何？」

「え？」

「響は何を王子先輩に相談したの？」

こういうときの奏はちょっとしつこい。何か引っかかることがあると、納得できるまで前に進めないのだ。

「相談ってほどでもないんだけど、たぶん……」

私はその先が言いたくなくて黙ってしまった。

「たぶん？」

奏が黙る私を追いつめる。

「ささいなことでしょ？」

エレンが助け舟を出してくれたけど、奏はエレンを手で制して、じっと私を見る。

「みんな時が経てば変わっていくのは当然だよ。それは悲しいことじゃない」

気づくと私は、王子先輩から言われた言葉を口にしていた。

「どういうこと？」

奏の疑問はもっともだ。

奏だけじゃなくてエレンもアコも、顔にクエスチョンマークを貼り付けたままこっちを見ている。

「そう言ったの。王子先輩、私に」

「どうして？」奏より一足先にアコが尋ねた。

私はこれ以上話したくなかったけど、奏の突き刺すような視線がそれを許してくれないような気がして、しかたなく言葉を続けた。

「いくら友達でも、家族でも」

実際、王子先輩がそういう表現を使ったかどうか、はっきりは覚えてないけど、今はそんなことどうでもいい。

「わかり合えないこともある。時が経てば、人は変わってしまうものだから」

みんな黙って、波の音だけが聞こえた。

黙ってしまったのは三人ともわかってしまったからだろう。私が王子先輩にどんな相談したのかを。

みんなの気持ちを代弁するように奏が口を開いた。

「私たちのことね。私たちのことを話したのね、王子先輩に」

「……たぶん」

また奏のほうを見られなくなった。

どうしてだろう。言葉を重ねれば重ねるほど、奏が遠ざかっていく。同じ浜辺に座ってるのに、私だけあの海の向こうにぷかぷか浮かんでいるような気になった。

「変わったって、誰のこと?」

奏はまだ許してくれない。

「私のことを話したのね?　王子先輩に」

「違うよ。奏のことだけじゃない。みんなのことだよ。最近私たちバラバラになっちゃったような気がしてたから」

「だからあのとき、何も言わなかったんだね」

「どういうこと?」

私は奏が言ってる意味がわからなかった。「あのとき」がどのときかはわかる。でも、「だから」の意味がわからない。

「あのとき……私が響と王子先輩が一緒にいるのを見たとき」

「違うよ。あのときはびっくりして何も言えなかっただけ」

「ほんとかなぁ」

「かなで」

妹たちの喧嘩をいさめるように、エレンが口を開いた。

「わかってる」と奏が言う。「私、すごく嫌なオンナ」

オンナ……奏の口から出たその言葉に私は驚いた。

もちろん奏はオンナだけど、私もエレンもアコもそうだけど、そんな言い方するなんて、奏らしくない。

「奏らしくない。そう思ったんでしょ？」

奏が私の心を見透かしたようにそう言った。

「でもしかたないじゃない。時が経てばみんな変わっちゃうんだから」

「はい、そこまでー」

エレンが立ち上がって、小石をつかんで海に投げた。

「そうだね。確かに奏は今嫌な感じだった」

「ごめん」奏は驚くほど素直にそう言った。

「私は？」と、私はエレンに問いかけた。

「私は？　どんな感じだった？」

「響は……」エレンは少しだけ考えて言葉を続けた。

「なんかうじうじしてた。響らしくないっ！」

ちょっとふざける感じの語尾だった。

そのせいかアコはくすっと笑って、それを見た私も笑ってしまった。

「そうだよね。なんかおかしかった、二人とも」

私がそう言うと、奏の口元がゆるみかけた。でも奏はそれをぐっとまっすぐに戻して、私を見て言った。

「私は何も変わってない」

「わかってるよ奏」

「だって知らなかったんだもん。響と王子先輩がそんなこと話してたなんて」

「だって……言いづらかったんだもん。最近仲悪かったから」

「そう、それ」と、エレンがなぜか喜んだように私に言う。

「そういうふうにはっきり言うほうが、断然響っぽいと思う」

「私もそう思う」

アコが小石を海に投げる。それは一瞬だけ海面に傷をつけたけど、あっというまに波の間に吸い込まれて見えなくなった。

「戻ってくればいいのに、王子先輩」

アコが私たち三人を振り返って言う。

「それでみんなで話したら、なんてことない話なのに。そう思わない？」

「思う」

誰からともなく言った三人の言葉は、偶然きれいにハモったからみんな笑ってしまった。

「あーあ、お祭り行きたい」

アコがまた子どもみたいにそう言った。

「めんどくさいことぜーんぶ忘れて、遊びたーい」

その無邪気な言い方は、本音なのか、それとも私たちの気まずい空気を気遣ってくれたからかわからなかったけど、私はアコの意見に大賛成だった。

私はピアノのことなんて忘れて、奏はスイーツのことなんて忘れて、ついでに王子先輩のことも忘れちゃって、エレンはギターのこと、アコは女王修業のことを忘れて、それから王子先輩が無事にこの町に戻ってきて、そして……。

「遊びたいね、みんなで」

私はようやく本当の気持ちを言葉にすることができた。

「お化け屋敷にも行きたい」

奏がイタズラっぽく微笑んでエレンを見た。

「それは無理」とエレンが奏を睨む。「ぜーったい無理」

それからみんな顔を見合わせて笑った。

「やっぱりよかったね」とアコが言う。「みんなで海に来て」

私はうなずいて、どこまでも広がる海を見た。

私たちの心はひとつになっただろうか。

ううん。奏はきっとまだあのときのことを気にしてるはず。

でもそれでいい。一瞬傷ついても、すぐにもとに戻る。

私たちは仲間だから。

さっきアコが海に小石を投げたときみたいに、一瞬だけ海面は傷つくけど、すぐに何事もなかったように、きれいな海に戻る。

「握手しなよ」とエレンが言う。

私と奏は、同じタイミングで立ち上がって、同じタイミングでお尻についた砂を手で払った。

「真似しないでよ」と奏があごを上げて、唇を尖らす。

大丈夫。いつもの奏だ。

そして私たちは握手した。どっちかの手についた砂が、心地よく手の平をくすぐった。

「いた」

誰かの声がした。

振り返ると大勢の人たちが私たちを見ていた。

「ねぇ、あなたたちみんなプリキュアだって、本当？」

私たちは驚いて顔を見合わせた。

「何を言ってるんですか？」

いちばん先に冷静に返したのはやはりエレンだった。

でもみんなの勢いは収まらない。

大勢の人たちにいっせいにまくし立てられ、私たちはただ呆然と立ち尽くすだけだった。

噂がいつのまにか大きくなってる。

「だって奏ちゃんがプリキュアってことは、仲のいいみんなもそうなんじゃないの?」

「だってほら、プリキュアは四人いたものねぇ?」

「それにみんな女の子だったし」

私は大勢の人たちを見て、その中にいるある人に気づいて、言葉を失った。

王子先輩のお母さんがいる。

「北条さん」

王子先輩のお母さんは、私に駆け寄るとすごい力で私の手を握ってこう言った。

「もし本当にあなたたちがプリキュアなら、正宗(まさむね)を捜し出して、犯人をやっつけて。お願い!」

その目は怖いほど本気だった。

そう信じたいのはわかる。自分の子どもが突然いなくなったんだ。もし助かる可能性があるなら誰にだって助けを求めるだろう。

でも、おかしい。みんなどこかおかしい。

この町はこんなふうじゃなかった。この町の人たちは、こんなふうじゃなかった。

「お願い! 北条さん、南野さん!」

王子先輩のお母さんは、今度はすがるように奏の腕をつかんだ。

「落ち着いてください、お母さん」

奏はそう言うのが精一杯だった。

お母さんの想像は正しいけど、プリキュアは秘密の存在。今ここで認めるわけにはいかない。

でも私たちがいくら「違う」と言っても、みんなの興奮は収まらない。それどころかさらに高まっている。

「プリキュアならなんとかできるはずだろ⁉」

「王子君だけじゃない。いなくなったみんなを助けてくれ！」

みんな目に涙を浮かべている。子どものように泣きじゃくる人もいる。

みんな重い熱病にかかったように、我を失って叫んでる。

怖い。

私にはそこにいるみんなが一人一人の人間じゃなくて、まるでネガトーンみたいな大きな怪物に見えた。

みんなが私たちを見て、同時に大声で責め立てて、誰が何を言ってるのかさっぱりわからない。

立ち尽くす私の手をアコがつかんだ。

「行こう」

私は走り出したアコに引っ張られて、みんなのもとから逃げ出した。

奏もエレンも、すがるみんなの手を逃れて走った。

「待って！」「この町を見捨てないで！」

みんなの声が背中に刺さる。

私だって……本当ならここでみんなで変身して、敵を倒したい。

でも今は、敵が何者なのかわからない。

「振り返っちゃだめだよ」とエレンが言う。「やっぱり私たちでなんとかしなきゃ。でもそれは今じゃない」

私たちはエレンの言葉にうなずき、砂の上を足を取られそうになりながら全力で走った。

走って、走って、みんなの姿が見えなくなったとき、目の前に虹のような鍵盤の道が現れた。

「行くよ、メイジャーランドに」

私たちは、慣れた足取りで走るアコの後を追って、鍵盤の道を駆け上がった。

第五章　その名はヴァニッシュ

「ヴァニッシュ？」

メイジャーランドのお城にある広い庭で、私はメフィストにそう聞き返した。

陽射しが頬に突き刺さる。久しぶりに見る青空だ。

ヴァニッシュとは「消し去る」という意味だという。

アコから報せを受けて、私たちを待ち受けていたメフィストとアフロディテ様が、私たちにそのことを教えてくれた。

そして、そのヴァニッシュという名の怪物が今回の事件に関係しているらしいということも。

「これはまだ推測にすぎないが」と、メフィストは神妙な顔でみんなを見た。

「加音町で起こった異変は、人間の仕業では説明できない。ヴァニッシュの仕業に違いない。それが今の時点での私たちの結論だ」

「ヴァニッシュとは」

いつのまにかハミィと一緒に来ていた音吉さんが口を開いた。

「世界から音の響きを消し去ってしまう怪物のことじゃ」

音吉さんの話によると、その怪物は音は消さず、音が持つ響きだけを吸い込み、消し去ってしまうのだという。

「音というのはひとりぼっちではない。周りの物や人に反響して聞こえるものじゃ。我々も日々、あらゆる音をはね返し、それを響きに変え、相手に届けておる。しかしその響きが吸い込まれてしまえば、音は寂しいものとなり、人々に悲しい気持ちを与えることになる。やがて人々は互いに疑心暗鬼となり、争い、滅ぼし合うこともある」

音吉さんの言葉は、今まで私の周りで起こったことを説明していた。

つまりヴァニッシュという怪物が加音町に現れて、あらゆる音から響きを奪い去った。私の耳に聞こえる音が変わったのもそのせい。そしてそれはもしかして他のみんなの耳にも聞こえてたのかもしれない。ただ意識してなかっただけで……。

だから町の人々は変わってしまった。響きのない音を聞き続けたせいで、悲しい気持ちになって、そのせいでお互いを疑い、根拠のない噂話をし始めた。

そう。きっとそうなんだ。

加音町を悲しい町に変えてしまったのは、ヴァニッシュという怪物だったんだ。

メフィストによれば、メイジャーランドでもかつてヴァニッシュが猛威をふるって、王国が危機に瀕したこともあったのだという。

「しかし」と、納得できない表情で音吉さんが言った。

「ヴァニッシュは本来響きを消すだけじゃ。人間を消し去ることはない」

「じゃあどうして王子先輩や他のみんなは……」

エレンの疑問に音吉さんが答える。

「ここからはワシの推測じゃが、ヴァニッシュはときに悲しみを持つ人間に取り憑くことがある。取り憑かれた人間の意志によっては人を消し去ることもありうる……」

つまり、加音町の誰かがヴァニッシュに取り憑かれて、人々を消し去った？

いったい誰が……。

みんなは一瞬言葉を失い、顔を見合わせた。

それから、それぞれ何かを考えるように、庭のあちこちへと散らばっていった。

「おまえの感覚は正しかった」

話しかけてきたのは音吉さんだった。

「音がおかしく聞こえたのは事実だったんじゃ。やはりおまえも私も、他の人より音に敏感になっていたんじゃろう」

「もしかしたら王子先輩も、私や音吉さんみたいに音の異変を感じてたのかも……」

「そうかもしれんな」

「そして王子先輩は、ヴァニッシュに取り憑かれた人間によって……」

「そのことじゃが」

音吉さんが周囲を気にして、小声で私に問いかけた。

「それは、いつからじゃった？」

「はい？」

「おまえが周りの音をおかしく感じたのは」

私は記憶をたどった。あれは、確か……。

頭の中にある光景が甦る。

そう、間違いない。あのときからだ。

王子先輩と二人きりでいるところを、奏に見られたあのとき……。

次の日、目覚めると、あらゆる音がおかしく聞こえ始めたのだ。

私がそう伝えると、音吉さんはうーんと唸って、奏のほうを見た。

「こんなことは考えたくないが、ヴァニッシュに取り憑かれているのは、奏かもしれん……」

「奏が？」

声が大きくなりそうになった私を、あわてて音吉さんが無言で制した。

「奏はそのとき、悲しみを感じた。それは間違いないか？　響」

「……たぶん。奏もそう言ってたし」

「そうか……もしかすると、そのとき、奏の心が悲しみを感じて、そこにヴァニッシュが取り憑いてしまったのかもしれん……」

奏がこっちを見た。

私は反射的に目をそらしてしまった。

やがてメフィストが誰に言うでもなく切り出した。

「とにかく、我々の力でヴァニッシュを倒すべきだ。そのためには」

メフィストは私を見た。

「プリキュアの力も必要だ」

私たち四人は顔を見合わせた。

「力になってくれるな？　響」

私はメフィストの問いかけに答えることができず、黙り込んだ。

ヴァニッシュに取り憑かれてるのは奏かもしれない。

もしそうだとしたら……プリキュアとして一緒に戦うことなんて……。

どうしてこんなことに？

私は奏とエレンとアコと、浜辺で楽しく笑ったことを思い出した。

ついさっきのことなのに遥か昔のことのように思えた。

私たちはまたひとつになれたと思ったのに……。

待って。まだ奏が犯人だって決まったわけじゃない。

犯人？　違う。奏が悪いんじゃない。奏はただ悲しみを感じて、化け物に取り憑かれてしまっただけ。

「どうしたニャ？」

ハミィが私たちの気まずい空気に気づいた。

ハミィは鈍感に見えて、肝心なときは意外と鋭い。

奏がまたこっちを見てるのはすぐにわかった。

でも、どうしても、奏を見ることができない。

メフィストの手によって出現したフェアリートーンたちも、黙り込む私たちをただ見つめている。

「響？　奏？」

「どうしたんだ？　響。返事をしてくれ」

そう言うメフィストの意識をそらすように、音吉さんが言った。

「プリキュアを戦わせるのはまだ早い」

「どうしてですか？　お義父さん」

「今はまだその時期ではない」

私はエレンとアコを見た。

エレンとアコも私を見た。

奏の視線を感じた。そしてたぶん、悲しみも。

私のこの気持ちを、奏にどう伝えればいいんだろう。

音吉さんが集まったみんなに告げた。

「それよりも今は加音町が心配じゃ。ヴァニッシュは必ず次の獲物を狙いに来るはずじゃ……」

思い思いにその場をみんなが離れるなか、奏が私に歩み寄ってきた。

「響、どうしたの？」

「何が？」

私は動揺を隠しながらそう答えた。

「様子が変よ」

「……そう？」

「なんだかすごく緊張してるみたい」

「それはそうよ。だって……」

だって、奏はもう私たちが知る奏じゃなくて……。

奏の目を見るのが怖い。

それはどうしてだろう。

奏に取り憑いた化け物に消されてしまう。そう思ってしまうからだろうか。

「だって？」

「だって……このままじゃまた誰かが……」

私は本心を告げることができなかった。

「やっぱり私たちでなんとかしなきゃ」

エレンがやってきて私と奏にそう言った。

「そうよ」とアコも言う。「今こそプリキュアに変身しなきゃ。私たち、仲直りできたんだもん。今なら心をひとつにできる」

私は何も言えなかった。

奏とエレンとアコがそんな私を不思議そうに見る。

「違うの？」とエレンが私に尋ねる。「私たち、前の私たちに戻ったでしょ？　そうでしょ？　響」

私は拳を握ったままうつむいた。

「……響？」

不安そうな奏の声を、メフィストの声がかき消した。

「大変だ。加音町が……」

私たちの悪い予感は現実となった。

メフィストに報告が入ったのだ。

加音町でまた異変が起こり始めてると……。

地上に戻った私たちの目に、信じられない光景が飛び込んできた。

ずっと町を覆っていた黒い雲が生き物のように蠢き、どんどん人々を吸い込んでるのだ。

「あれは……まさか……」

呆然とするエレンに音吉さんが言う。

「ヴァニッシュじゃ。ヴァニッシュが暴れ始めたんじゃ」

私たちはいっせいに駆け出して、吸い込まれる人々を必死に引き止めようとした。しかし吸い込む力は強力で、まるで太刀打ちできない。

「みんな消えちゃうよ！　どうすればいいの⁉」

アコがパニックになってそう叫んだ。

「ここは頼んだぞ！」と音吉さんが叫ぶ。「ワシは調べの館へ戻ってパイプオルガンを弾く！」

「わかったニャ！」

それからみんな、ヴァニッシュを鎮めるためにあらゆる手を尽くした。

ハミィは幸福のメロディを歌い、メフィストとアフロディテ様もハミィに続いて歌った。

しかし、あらゆるものを幸せにするはずのその歌の響きさえ、すべてヴァニッシュに吸い込まれ、乾いた悲しい音へと変わってしまった。

呆然と立ち尽くす私たちに、誰かが叫ぶ。

「あなたたち！　早くプリキュアに変身して戦って！」

私と奏はパニックに陥った人々に懇願され、たまらず手と手を合わせた。

でも何も起こらない。キュアモジューレは現れず、奏の手の冷たさだけがずっと私の手に伝わっている。

「……響」

きっと奏も感じただろう。私の手の冷たさを。

そしてその冷たさは、プリキュアに変身し、戦うことを拒(こば)んでるように感じたはずだ。

「……響……どうして？」

私は思わず奏から目をそらした。

ヴァニッシュはその勢いをゆるめない。

人々は次々と黒い雲に吸い込まれていく。

響きを奪われた悲鳴が、役立たずの私たちを責めるように突き刺さる。

私たちはどうすることもできずにただ立ち尽くした。

そのとき、私の耳にまたあの声が聞こえた。

「自分と他人は違う」

「しょせん理解し合うことなんてできない」

その声は、今の私と奏の心を見透かしているようだ。

「誰もいなくなれば、孤独や悲しみは、存在しなくなる」

「それが私の幸せ」

それがヴァニッシュの望み？
いや、違う。ヴァニッシュに取り憑かれた……。
私はおそるおそる奏を見た。
奏はこっちを見ている。
その声にドキッとなる。
「響、いったいどうしちゃったのよ！」
認めたくない。でも……。
私は確信してしまった。
やっぱり、ずっとこの耳に突き刺さるように聞こえていたのは、奏の声だと……。
気づくと私は駆け出していた。
「響！」
私は奏の声から遠ざかるようにその場を走り去った。

第六章　もう誰も信じられない

私は恐怖に怯えるおびる人たちの間をすり抜けて歩きながら、奏の声を思い出していた。

やっぱり奏の声は変だ。

冷たく乾いて聞こえるのは奏の声だけじゃないけど、ずっとそばで聞いてたぶん、他の音より遠く寂しく聞こえた。

やっぱりあの声は、何度もこの耳に聞こえていたあの声は、奏の声だ。

こんな状態で変身なんてできない。

町の人たちを助けることなんてできない。

奏がヴァニッシュに取り憑かれてしまったのだから。

「自分と他人は違う」

「しょせん理解し合うことなんてできない」

「誰もいなくなれば、孤独や悲しみは、存在しなくなる」

「それが私の幸せ」

さっき聞こえた言葉が、まだ頭の中で渦巻いてる。

それはヴァニッシュの思いだろうか、それとも……。

遠くから音吉さんが弾くパイプオルガンの音が聴こえてきた。

でもその音の響きはみるみるヴァニッシュに吸い込まれ、力を失っていくのがわかる。

「音吉さん……私、どうすればいいの？」

ふと気配を感じて振り返ると、奏が立っていた。

「……奏」

走って追いかけてきたのか息が上がっている。

「響、何か私に言いたいことがあるんじゃないの？」

「……どうして？」

「わかるよそのぐらい。私たち親友じゃない？」

何も言えない私の耳に、今度はエレンとアコの声が聞こえた。

「そうだよ」

「どうして逃げるの？　響」

エレンとアコも私を追いかけて走ってきたのだ。

「言って、響」

奏はじっとこっちを見ている。

どうすればいいんだろう。正直にすべてを口にするべきなんだろうか。

奏はずっとこっちを見てる。今にも血が出そうなほど下唇（したくちびる）を噛んでる。

どうすればいいの？

私は自分の中に生まれてしまった思いをなぞってみる。

奏が、王子先輩や聖歌先輩を消した？　そんなことあるはずないのに……。

でも確かにあのときから異変は起きた。私と王子先輩を見る奏のあの悲しそうな顔。それがすべての異変の始まりだ。

私の心はそう信じてしまってる。

たとえそれがヴァニッシュの仕業だとしても、それを呼び寄せたのは奏の悲しみだ。

つまり、みんなを消したのは、奏……。

「……私はね」

今、言わなくてもいいことを私は切り出そうとしてる。

わかってるのになぜかそれを止められない。

「私は、奏が変わっちゃったって思ってる」

「私が変わった？　どういうこと？」

奏はピアノの連弾の練習を何度かすっぽかした。尊敬していたお父さんや聖歌先輩のアドバイスを聞かなくなった。

「奏は、そんなことをしたり言ったりする子じゃなかった」

「だってしょうがないじゃない。忙しかったし、受験の前に自信を持ちたかったし……」

わかる。わかるよ奏。でも……。

「私は何も変わってない」

わかってる。奏がそう答えることは最初からわかってるの。

「信じられるのは誰？」

私はエレンとアコを見た。違う。今しゃべったのは二人じゃない。

まただ。またあの声だ。

信じられるのは……誰？

私は奏を信じたい。エレンやアコも。

実際そう口にしたけど、奏の心には届かなかった。

「悲しいよ」と奏が言う。「私、すごく悲しい……」

奏の目に浮かんだ涙は今にもあふれ出しそうだ。

待って。何かがおかしい。

私は親友だからわかる。奏は誰よりも負けず嫌い。そんな簡単に泣きそうになるなんて、絶対におかしい。

奏がまるで別人になってしまったように感じた。

「私は？」とエレンが私に尋ねる。「私は変わった？」

変わったよ。私はその言葉をのどの奥に押し込んだ。

「私も？」とアコが言う。

そうだよ。みんな変わっちゃった。だから私たちは戦えない。だってもう心がひとつじゃないから。

そう言いたくてたまらなかった。

でも言葉だけが相手に伝わるわけじゃない。私が実際にその言葉を口にしなくても、三人には思いが伝わっているように感じた。

「どうしちゃったの、響」奏が私の肩に手をかけた。

「目を覚まして！」

気づくと奏にそう叫んでいた。

奏もエレンもアコも、驚いたようにこっちを見た。

「奏はね……奏は……」

私はあふれる思いに逆らえずに、とうとうそれを口にしてしまった。

「奏は……取り憑かれちゃったんだよ、ヴァニッシュに……」

「どうして……どうしてそんなこと……」

奏は睨むように私を見た。

そんな怖い奏の目は、今まで見たことがなかった。

私は思わず奏の手を振り払った。

奏の目が凍りつくのがわかった。その氷が一瞬で溶けて水になってあふれそうになったのも。

「今の奏は」と、私は勇気を振り絞って、奏の目を見た。

「私の知ってる奏じゃない」

奏は私を睨んで、息を吸い込んで、私に言葉をぶつけた。

「響なんて、大っ嫌い！」

あまりのショックで記憶が飛んだ。でもそれはほんの数秒で、歩き去る奏の背中は見ることができた。そして奏を追いかけるエレンとアコの背中も。

「これでわかったでしょ？　私の本当の姿が」

またあの声だ。

奏の声にしか聞こえない。

頭の中に浮かんだのは、バルコニーから見た奏の姿。夜の闇の中、空を見上げているようだった。あのとき奏は何を見てたんだろう。空を見てたんじゃない。きっとあの黒い雲に何かを祈って……。

「あなたは今まで、たまたま出会わなかっただけ。本当の私に」

その声は今までいちばん冷たく乾いて聞こえた。

不気味に吹きすさぶ風が、遠ざかっていく奏の長い髪を乱した。

真っ黒な雲がそれを見下ろしていた。

その不気味な風も黒い雲も、何もかもが奏の悪い仲間に見えてしまった……。

「おかえり」

パパの声は寂しげだった。

「部屋にいなさい。外に出たらだめだよ」

いつもの笑顔はない。いつもの冗談も聞こえない。

パパも、みんなも、この町も、もうもとには戻らないのかもしれない。

私は部屋にこもって、これからどうすればいいのか考えた。

遠くでパイプオルガンの音がする。

ハミィとメフィストとアフロディテ様の歌声も聴こえる。

でも窓から見えるヴァニッシュという名の黒い雲は、動じることなく不気味に蠢いてる。

私は何もできなかった。

プリキュアに変身できずに、逃げ出した。

そして奏もエレンもアコも私のもとを去っていった。

何度かエレンとアコから携帯に着信があったけど、私は出ることができずに、布団を頭からかぶってじっとしてた。

私に何ができるんだろう。

仲直りして再び心をひとつにしたはずなのに、私の奏への疑いの心が、また私たちをバラバラにしてしまった。

戦えないプリキュアなんか、まるで意味がない。

エレンやアコが言う通り、私たちがなんとかしなければならない。

でも私たちの心をまたひとつにするのは、とんでもなく難しいことに思えた。

私はベッドの中で動けないままだった。パパの呼びかけにも応えず、ご飯も食べず、ずっと部屋に閉じこもっていた……。


その大きすぎる鍵盤は、どれを踏んでももう返事をしてくれない。

この町の中心地にある、地面に並んだピアノの鍵盤だ。

まだ昼すぎなのにあたりには誰もいない。

ちょっと前なら子どもたちがこの鍵盤の上を飛び跳ねて、でたらめだけど自分だけのオリジナルの曲を奏でていたのに……。

私と奏もここで数え切れないほどのオリジナル曲を奏でた。まだ鍵盤からすぐ隣の鍵盤へジャンプするのが精一杯だった小さな頃からずっと。

でもいつからか、この鍵盤の音も響きを失った。

今この町で聞こえる数少ない音である町内放送が、「外には出ないでください」と何度も繰り返してる。

人々を消し去るヴァニッシュの存在は町中に知れ渡って、みんな特別な用事がない限り、一日の大半を家の中で過ごすようになった。

今日も黒くぶ厚い雲が、音の消えたこの町を見下ろしている。あざ笑うような風は吹いているけど、雨は降らない。送別会のときに降って以来、一粒も。今思えばあの雨は、みんなをバラバラに引き裂く残酷な舞台の始まりだったのかもしれない。

私だってもちろん怖い。

いつヴァニッシュに消されてしまうかわからない。

誰もいない町を歩いていると、この世界に一人きりになってしまったような、絶望的な気持ちになる。

この町自慢の色とりどりの建物もくすんで見える。時計塔のからくり時計を最後に見たのはいつだっただろう。

この町にはもう色もなく、音もない。

そう、まるでノイズに襲われたあのときのように。

あのとき、私たちは立ち上がった。この町に音楽を取り戻すために。

でも今、私たちに何ができるんだろう。

「大っ嫌い」と言われてから数日、奏とは一度も会っていない。

「会いに行きなさい」

パパにそう言われて奏の家の前まで行ってはみたけど、すぐに引き返してしまった。何を話せばいいのかわからなかったから。

ううん。それだけじゃない。

ラッキースプーンが閉まってたから。

この町に喜びを振りまいていたあのカップケーキのお店は今、重いシャッターで閉ざされてる。どうしてかはわからない。こんなときにカップケーキを食べようと思う人がいないから？　カップケーキを作る気持ちになれないから？　きっと二つとも正解だ。だったらあの重いシャッターの中にいる奏は、私と話す気になんかなれないだろう。

「大っ嫌い」な私となんか……。

「響」

振り返ると、遥か向こうの鍵盤の上にエレンとアコが立っていた。

「大事な話って何？」

アコがそう言って、エレンと一緒にこっちへ歩いてくる。

「大事な話がある」そう言って二人を呼び出したのだ。

「その前に」エレンが私の目の前に来てそう切り出した。

「私も響に話があるの」

エレンはまっすぐこっちを見た。その目が私を責めてることはすぐにわかった。

「どうして奏にあんなこと言ったの？」

「……あんなこと？」

「奏、毎日泣いてるんだよ」

私はあの重いシャッターの向こうで泣いてる奏を思った。カップケーキが一つもなくなったあの店の中で。

「響が奏に、あんなこと言ったから」

アコもエレンと同じ気持ちみたいだ。

「あんなこと」が何なのかはわかってる。

私は奏に言った。「奏はヴァニッシュに取り憑かれてる」

「私たちみんな友達じゃなかったの？　大切な仲間じゃなかったの？」

そう訴えるアコに私は答える。

「そうだよ」

それから覚悟を決めて二人をまっすぐ見た。

「私もそう思ってる。だからエレン、アコ、落ち着いて聞いて欲しいの」

二人を呼び出したのはあらためてこの話をするためだ。

「奏はヴァニッシュに取り憑かれてる」

「だからそんなくだらないこと」

「落ち着いてエレン。これは事実なの」

私は自分の周りで起きた異変のすべてを二人に話した。あるときからあらゆる音が変なふうに聞こえるようになった。それは冷たく乾いた音。その独特の音についてうまく説明できたかはわからない。でも重要なのは、それがおそらくヴァニッシュによって響きを奪われた音だということだ。

「どうして響にだけその音が聞こえてるの？」

「それはわからない。もしかしたら私以外のみんなにも音が変なふうに聞こえてるのに、気づいていないだけかもしれない。エレンもアコも……」

エレンとアコが顔を見合わせる。

「それから、奏も……」

私は息をぐっと飲み込んで、あのときの話をしなきゃと覚悟を決めた。

「この変な音が聞こえるようになったのは、送別会の後からなの。私は演奏がうまくいかなくて、王子先輩に慰めてもらってた。そこに奏が来て……」

私はそのときのことを正確に思い出そうとした。奏は私と王子先輩を見て、凍りついたようにその場に立ち尽くした。あの日は間違いなく私に嫉妬してた。私に裏切られた。きっとそう感じたはずだ。

そのことを正直にエレンとアコに伝えた。

「でも私はその場を立ち去ったりしなかった。奏に言い訳もしなかった。私、あんな悲しそうな奏の顔、初めて見た」

　エレンが口を開く。「それは前に聞いたわ。そのとき、奏がヴァニッシュに取り憑かれたっていうの？」

「そう。その次の日から、すべての音から響きが失われたの」

「それって響がそう思ってるだけじゃないの？」

「違うよアコ。音吉さんも言ってた。そのとき感じた奏の悲しみに、ヴァニッシュが取り憑いてしまったのかもしれないって。取り憑かれた人はきっと自分じゃそのことに気づけないのよ。だから……」

「だから？」エレンが言う。

「だから、二人に協力して欲しいの。奏の心をヴァニッシュから取り戻そう。どうすればそれができるかわからないけど、それは私たち三人にしかできないことだと思うから」

　エレンとアコは押し黙った。そんなはずはない。そう思ってるに違いない。

「もしも奏が本当にヴァニッシュに取り憑かれてるとしたら」

　アコがメガネを上げて切り出した。「王子先輩を消したのも奏ってこと？」

「私はそう思う」

「どうして？」

「……奏は、きっと悲しかったんだよ。私と王子先輩が仲良くしてたから。私ははっきり聞いたの、奏の声で。『王子先輩を消したのは、私』って」

「奏が？　奏がそう言ったの？」

私は驚くアコに、あの声の話をした。頭がおかしくなったと思われてもかまわない。今このことを伝えられるのはエレンとアコ、この二人だけだから。

「あるときから聞こえるようになったの。耳の奥で、誰かの声が。ずっと聞いたことある声だと思ってた。それは、奏の声だった。きっとヴァニッシュが奏の声を借りて私に伝えてきてるのよ」

「じゃあ他の人は？」とエレンが言う。「消えたのは王子先輩だけじゃないでしょ」

「そう。聖歌先輩もそうよね」

「奏は聖歌先輩にずっと憧れてたじゃない。なんでそんな人を消し去ったりするの？」

私の話を信じられないエレンが食い下がる。

「でも奏は最近、聖歌先輩からのアドバイスを聞かなくなってた」

「だから消したっていうの？」

「私はそう思う」

アコは納得できない目で私を見た。

今度はエレンが黒くぶ厚い雲を指さして言う。「じゃあそれ以外の人は？　見たでしょ？　数え切れないほどの人たちがあの雲に吸い込まれていったじゃない」

「自分と他人は違う。しょせん理解し合うことなんてできない」

私は耳の奥で聞こえたあの声を口にした。

「その声は私にそう言ったの。『誰もいなくなれば、孤独や悲しみは、存在しなくなる。それが私の幸せ』って……。きっと奏の悲しみはどんどん大きくなっていって、次々と周りの人たちを消し去ってしまったのよ」

大きくふくらんでしまった悲しみが、無差別に人々を消し始めた。

信じたくないけど、私はそう思ってる。

黒い雲がゴロゴロと音を立てた。でもその音に響きはない。どこにもぶつからず、まっすぐ私たちに当たって、「おまえたちはどうするんだ？」と責めたててくる。

エレンとアコもその響きを失った音にようやく気づいて、驚いたように私を見た。

「わかったでしょ？　今のが響きを失った音。ヴァニッシュの仕業よ」

「本当に奏の声だった？」困惑しているのか、アコが色を失った瞳でこっちを見た。

「本当にちゃんと考えた？　それは本当に奏の声だった？」

その声は、私をとがめてるようにも、試してるようにも聞こえた。

「そうだよ。でももちろんそれは奏じゃなくて、奏に取り憑いたヴァニッシュの声。みんなを消し去ったのも奏じゃなくてヴァニッシュ。本当の奏じゃない。私はそう信じてる」

本当に？　もう一人の私が私に問いかける。

本当に、あなたはそう信じてる？　すべては奏の意志じゃないって。

「ひびき」

エレンが私の肩をつかんで言う。「私たちが心配なのは、奏じゃないよ」

「……どういうこと？」

アコもじっとこっちを見ている。

次の瞬間、エレンが口にした言葉に、私は凍りついた。

「響。あなたは変わってしまった」

「……私が？」

「そう。ずっとそう思ってた。アコとも何度もその話をしたわ」

アコを見る。メガネの奥の瞳にはまだ色が戻ってない。

「どういうこと？」

私は二人に責められているようで、そう返すのが精一杯だった。

「だって、響は友達を疑うような人じゃなかった」

エレンの手に力が入る。つかまれた肩が痛む。

「でも確かに聞こえたの。ずっとそばにいたんだから間違えるわけない。あれは奏の声だった。奏はもう私たちが知ってる奏じゃなくなっちゃったんだよ」

「それは響、あなただよ？」エレンの目が悲しげに潤んだ。

「送別会のとき、確かに奏は演奏を失敗した。でも、それでも喧嘩して、すぐに仲直りするのが響と奏だったはずでしょ？」

「そうだよ。でも……」

「でも？」アコがようやく口を開いた。

「でも、響はそうしなかった。反省してる奏を、私たちみんなが見てる前で怒鳴り散らして」

「嘘。私そんなこと……」

「覚えてないの？」

四つの目が私を追いつめる。

確かに私は、送別会のときの記憶が曖昧だ。特に奏が演奏を失敗してから。その後、謝ってきた奏にホールの前で強く言い返した？　そんな気もする。

「奏なんて大っ嫌い」

「え？」私は突然アコが発した言葉に驚いた。

「そう言ったじゃない」とアコが言う。「あのとき、私たちの前で、奏に」

嘘だ。確かに私は奏に腹を立てたかもしれない。でもそんなひどいこと言うはずがない。

「いくら私たちが止めても、響は奏を責めることをやめなかった」

今度はエレンだ。響きを奪われた冷たい声で私を追いつめる。

確かに私は演奏を失敗した奏に腹を立てた。でも「大っ嫌い」なんてそんなこと、言った覚えはない。

「響どうしちゃったんだろうって、私たち今までずっと思ってた」

思い出した。あのときホールの前で、二人は私を見てた。悲しそうな顔で。

そして今も二人は目に涙をためて、こっちを見てる。

「響、どうしてそんなに変わっちゃったの？」

エレンの言葉の語尾は小刻みに震えて、気まずい空気の中へ染み込んだ。

そしてエレンは泣いた。

私と奏のことを思って泣いてくれたんだ。そう思おうとしたけど、ちょっと待って。おかしい。

エレンはそんな簡単に泣いたりしない。

それに、私が奏のことを「大っ嫌い」だなんて本当に言った？　そんなはずない。

私の記憶が曖昧だから？

ううん。どこかで話がすり替わっているような気がする。心ない言葉で奏の噂をした町の人たちの話みたいに。

「変わったのは、私じゃない……」

私も声を震わせてしまいそうで、その一言しか返せなかった。

奏もエレンもアコも前と変わってしまったと感じてた。なのにエレンとアコは私が変わってしまったと思ってたなんて……。

やっぱり、何かがおかしい。

エレンとアコはまだこっちを見てる。きっとそのあふれる涙で私の顔はゆがんでしまってるだろう。

髪が乱れて、頰をくすぐる。

これは風の音だろうか。どんな音も響きを持たないから、もうそれが何の音なのかわからなくなってしまってる。

「悲しい」

アコが消え入るような声でそう呟いた。

あの気の強いアコの声が震えてる。何があっても私たち仲間にさえつらい気持ちをぶつけなかったあのアコが？

まさか……。

頭の中に恐ろしい予感が走ったそのとき、またあの声がした。

「悲しみに打ち勝つ方法はたった一つ」

奏？

「自分を悲しくさせる人々がいなくなればいい」

違う。誰なの？

「そうすれば、悲しみは永遠に消え去る」

声が変わった⁉

それは一人じゃない。まるでピアノの和音みたいに重なって聞こえた。

今の声は、エレンとアコ？

まさか……。

私は最悪の予感を頭の中で打ち消した。でもうまく消せなくて、二人の前からゆっくり後ずさった。

そして願う。

消さないで。お願い、私を消さないで！

ふと見上げると空に虹がかかってる。でもすぐにそれは虹じゃないとわかった。

鍵盤の道を駆け下りてきたのはメフィストとアフロディテ様、そしてハミィだった。

「アコ。こんなところにいたら危ないわ」

「幸福のメロディが効かないんだ。このままじゃヴァニッシュに消されてしまうぞ」

「ほっといて。今、大事な話をしてるの！」

「パパの言うことを聞きなさい！」

　メフィストがアコの腕をつかむ。

「放して！　響がおかしいの！　私たちでなんとかしなきゃ！」

　私は、メフィストの手をふりほどき激しく取り乱すアコを呆然と見ていた。

　こんなに感情をあらわにしたアコは今まで一度も見たことがない。

「メフィスト様、お願いです」

　エレンがメフィストの前に立ちはだかる。

「危ないことはじゅうぶんわかってます。でも」

　エレンは私を見て続けた。

「それよりも今危ないのは、私たちプリキュアの絆なんです」

「そうよ」とアコが同調する。「響は今までの響じゃない。ヴァニッシュに取り憑かれたのは奏だなんて」

　メフィストとアフロディテ様は驚いて私を見た。

「響、それは本当なの？」

　アコが私の答えを待たずに、アフロディテ様の正面に立った。

「本当なわけないじゃない！　響はおかしくなっちゃったのよ。私たちは一緒に戦ってきた仲間よ。仲間を疑うなんて、信じられない」

　アコが泣いてる。

エレンも涙を流しながらこっちを見てる。

私はその目が怖くてそらした。

絶対に、何かがおかしい。

おかしくなったのは私じゃなくて、やっぱり……。

「とにかくメイジャーランドへ避難するんだ」

メフィストがまたアコの腕をつかむ。

「放してよパパ！」

「アコ、パパの言うことを聞け！　おまえたちプリキュアはまだ戦えないんだ。戦えない者は逃げるしかない。私はおまえがいなくなったら……」

次の瞬間、アコが発した言葉で私は確信を得た。

アコは私が知るアコじゃない。

「私を捨てたくせに！」

アコはメフィストにそう叫んだのだ。

「アコ、なんてことを……」

アフロディテ様が顔を手で覆った。

「なんでそんなこと言うニャ～！」

ハミィがアコに飛びかかったけど、アコはそれを振り払い、メフィストを睨みつけた。

メフィストは呆然と我が娘を見ている。

アコの小さな瞳は、怒りと悲しみで震えてるようだ。

エレンはアコをとがめるどころか、アコとともにメフィストを睨みつけている。

どうして？

「悲しかったんだから」

アコが言葉を絞り出す。

「私は忘れてなんかいない。あのときの悲しみを……」

「アコ」

メフィストの声が震えてる。

「おまえ……」

「危ない！」

気づくと私はそう叫んでた。

次の瞬間、メフィストとアフロディテ様が一瞬で私の視界から消え去った。二人は黒い雲に向かって舞い上がっていたのだ。

アコは何も言わない。

呆然としてるのか、雲へと吸い込まれようとする両親を見上げている。

「メフィスト！　アフロディテ様！」

かわりに叫んだ私の声は、ヴァニッシュが放つ轟音にかき消される。
「ダメニャ〜〜！」
ハミィがあわてて跳び上がって、メフィストとアフロディテ様にしがみついた。しかし
二人の体は猛スピードで黒い雲の中へと吸い込まれていった。
エレンとアコは何も言わず、ただ立ち尽くしている。
どうして？　どうして何も言わないの⁉
ヴァニッシュは黒い雲を従え、低い音で唸り、不気味に渦巻いてる。
やがてアコは気がついたようにその場にくずおれ、空を見上げて泣き叫んだ。
「パパ！　ママ！」
「メフィスト様！　アフロディテ様！」
私は叫ぶアコとエレンを見た。
でも、わからない。その目を見ても、二人の感情が読み取れない。
私の中で嫌な予感だけが先走る。
今、メフィストとアフロディテ様を消したのは、誰？
まさか、二人に反発していたアコ？
アコが私を見た。それは変わってしまった私を憐れむような目に見えた。
こんなに近くにいるのにすごく遠く感じる。

アコ、違う。変わったのは私じゃない。

それは、アコとエレン。あなたたち。

ヴァニッシュに取り憑かれているのが奏じゃなくて、エレンとアコだとしたら、今度は誰を消し去るんだろう。

まさか、私？

嫌だ。私は、消えたくない！

どうすればいい？

私たちプリキュアがなんとかしなければならない。でも今のままじゃ手をつなげない。私一人で戦う自信もない。

「お願い。消さないで」

私はついその言葉を口にしてしまった。

エレンが歩み寄って、私に手を伸ばす。

私は恐怖で後ずさる。

エレンの目が、また一つ悲しさを増したように見えた。

「どうして？　響」

今度はアコが悲しげな目で私に尋ねる。

「どうして逃げるの？」

だって、あなたたちは、もう私の仲間なんかじゃなくて、悲しみに取り憑かれて……。

何も言えない私の耳に声が近づいてきた。

「ひ〜びきぃ〜〜！」

空から舞い戻ってきたハミィが私たちの間に降りた。そして私の心の中を読み取ったように言った。

「響、みんなを信じるニャ！」

「だめだよハミィ。エレンもアコも、私たちの知ってる二人じゃない！」

「どういうことニャ？」

「わからない。私にもどういうことなのか……」

「逃げろ！　危ないぞ！」

音吉さんが息を切らして走ってきた。

「危ない！」私は反射的に叫んだ。

悪い予感は的中し、音吉さんの体がふわっと舞い上がった。

エレンとアコがそれをじっと見てる。それは呆気にとられてるようにも、音吉さんがあの黒い雲に吸い込まれるのを待ってるようにも見えた。

私には、そう見えてしまった。

私は音吉さんに反抗するアコを思い出した。そして、音吉さんにいつも「ズレとる」と言われると嘆いてたエレンのことも。

「自分を悲しくさせる人々がいなくなればいい」

さっき聞こえたあの声が、頭の中で甦る。

「そうすれば、悲しみは永遠に消え去る」

あれがエレンとアコの声だとしたら……。

このままじゃ音吉さんも消されてしまう！

私は音吉さんの手を取って、夢中で走った。

「音吉さん、みんながおかしいの！」


調べの館の中は、外の混乱とまったく無関係のように静かだった。

私はすぐに音吉さんに話した。みんなを疑いたくないけど、どうも様子がおかしい。

一緒に戦ってたときとは明らかに違う。まるで別人みたいになってしまった。

「そう思ってしまう自分を責めてはならん」

音吉さんはこんなときでも冷静だった。

「一瞬でも心に隙ができれば、悲しみや孤独に取り憑かれてしまう。それが人間というものじゃ」

じゃあ、やっぱりエレンもアコも……。

私はずっと思ってたことを正直に音吉さんに伝えた。

私たちは心をひとつにして戦ってた。でもいつの日からかバラバラになってしまった。

それを感じたヴァニッシュがみんなに取り憑いて、悲しみのもととなる人たちを次々と消し去ってしまった。

王子先輩、聖歌先輩、メフィスト、アフロディテ様……。

「そうとは限らん」と音吉さんが言う。「ヴァニッシュに惑わされてはならん。奴の真の目的は、音の響きを消し去って、世界中を孤独に陥れることだ。場合によっては残された人々を争わせようとしているのかもしれん……」

「信じるな」またあの声が耳の奥で囁く。

「あなたの直感はきっと正しい」

直感？　どういうこと？

「どうしたんじゃ、響」

音吉さんの声がおかしい。その目は私を追いつめてるように見える。

「私、みんなを助けなきゃ」

私は後ずさりながら音吉さんにそう告げた。

「一人では無理じゃ」

「じゃあどうすればいいの？」

「もう一度信じるしかない。プリキュアの力を」

「信じるな」またあの声が聞こえた。

「音吉さん」

「なんじゃ？」

「私の声はおかしい？」

「ああ」音吉さんが目を伏せて答える。

「もうどんな音も悲しく聞こえる」

「……私は、変わってしまった？」

「それは、わからん」

「エレンとアコに言われたの。私は変わってしまったって」

「どう思うんじゃ？　おまえ自身は」

「……わからない」

「思い出すんじゃ」

「何を？」

「いちばんはじめの出来事を」

いちばんはじめ？

あのときだ。王子先輩と二人きりでいるところを奏に見られた。

奏は悲しそうな顔をしてた。

その奏の悲しみが、私やエレンやアコに乗り移って……。

「あなたの直感はきっと正しい」

音吉さん？

その声は音吉さんの声に聞こえた。

さっきはエレンとアコの声に聞こえたのに、どういうこと？

すると突然、音吉さんがその場にうずくまった。

「音吉さん……」

「大丈夫じゃ」音吉さんはそう言ったけど、その目には涙が浮かんでた。

「音吉さん？」

嘘だ。音吉さんが泣くなんて。

「違うんじゃ響。これはワシの意志ではない。これはワシの涙ではない」

「どういうこと？」

「しかし、悲しくてたまらないんじゃ……」

音吉さんは肩を震わせ、泣き始めた。

悲しみが連鎖してる。次々といろんな人たちに乗り移って、渦を巻いて、人々を消し去ってる。

私の直感？　それは何？

私は私に尋ねた。

奏があのとき感じた悲しみが、みんなに乗り移った。音吉さんにも……。

「違う」と、私が私に言う。

これは本当にヴァニッシュの仕業なんだろうか？

エレンとアコは私が変わったって言ったけど、私からすれば逆だ。奏もエレンもアコも、そして目の前の音吉さんも、みんな変わってしまったように思える。

それが、私の直感？　だとしたら……。

ヴァニッシュじゃなくて、変わってしまったみんなが私を消そうとしてる？

嘘。やめて。

私は私に怒る。どうして私はみんなを疑ってしまうの？　私はそんなにひどい人間だったの？

でも、みんなが変わってしまったことは事実だ。

ずっと感じ続けてるこの違和感は、気のせいなんかじゃない。

「思い出すんじゃ響」

音吉さんが涙を拭って私に訴える。

「この謎はおそらく、おまえにしか解けん」

私は音吉さんの声を振り切るように館を飛び出した。

「待つんじゃ響！」

館から出た瞬間、音吉さんがヴァニッシュに吸い込まれそうになった。

嘘⁉

私はあわてて音吉さんの手をつかんだ。しかしヴァニッシュの力はすさまじく強かった。

音吉さんはものすごい勢いで雲へと吸い込まれていった。

どうして音吉さんまで⁉

音吉さんは消えかかる寸前、私に叫んだ。

「犯人は、おまえのすぐそばにいるかもしれん！」

「音吉さん！」

私は呆然と空を見上げながら思った。

犯人は、私のすぐそばにいる？　どういうこと？

なんで音吉さんまで……。

やっぱり、エレン？

頭の中にエレンの悲しげな姿が浮かんだ。

エレンは言ってた。いつも音吉さんに「ズレとる」と言われるって。

だからエレンが音吉さんを？

そんなはずない！

私だって音吉さんに何度も「ズレとる」って言われた。

アコだって音吉さんに反抗してた。

これはみんなの悲しみなんだ。犯人なんているはずがない。

でも……。


私は誰もいない町を歩きながら、また考えていた。

犯人は誰？

ヴァニッシュ？　奏？　エレン？　アコ？　音吉さん？

それとも、みんなの悲しみ？

あの不思議な声の主は、誰？

ヴァニッシュ？

ヴァニッシュなんて本当に存在するんだろうか？

本当はそんなもの最初からいなくて、誰かの悲しみがあの黒い雲を作り出したとしたら？

わからない。

でも今するべきは犯人捜しなんかじゃない。

この状況をどうするか、だ。

一人じゃ戦えない。仲間が必要だ。

私はエレンとアコを捜した。


エレンとアコは砂浜にいた。

聞こえてくるのは小さな波の音と、二人がすすり泣く声だけ。

「音吉さんが……」

エレンとアコは振り返って、私の言葉の続きを察して、悲しげに目をそらした。

「みんなのせいだよ……」

エレンとアコは私のその言葉に驚いたような顔を見せた。

「犯人は一人じゃない。もしヴァニッシュという化け物が本当に存在するんだとしたら、それがみんなに取り憑いて、無差別に消し合ってるんだと思う」

「どうすればいい？」アコが尋ねる。「ヴァニッシュの目的は私じゃなく海に向いている。でもその目は私たちプリキュアだけを残すことかもしれない」

「もしかしたら」私は答える。

「それで？」とエレンが尋ねる。「私たちだけを残して、ヴァニッシュはどうするつもりなの？」

「音吉さんが言ってた」私は音吉さんが残した言葉を繰り返した。

「ヴァニッシュは残された人々を争わせるつもりかもしれない。だから……」

「だから？」エレンとアコが私を見る。

「私たちは」と私は続けた。「またひとつにならなきゃ」

そして精一杯微笑んで、二人に手を差しのべた。

恐怖で指が震える。

もしエレンもアコも悲しみに取り憑かれてるのだとしたら、私はすぐに消されてしまうだろう。

「もう誰一人、消えてしまわないように」

勇気を振り絞ってそう伝えると、エレンとアコは私の手をぎゅっと握った。

「ありがとう」

エレンがそう言って、二人の目から涙が流れる。

私は二人の手を握り返して、その目をじっと見る。

私たちは仲間だ。目を見れば何を考えてるかわかる。絶対に。

大丈夫。そう感じて、私は胸をなでおろした。

二人は大丈夫だ。まだ私たちの間には絆が残ってる。

あれはやっぱり気のせいだったんだ。

あの声の主が目の前の二人であるはずがない。

ノイズを倒した私たちが、悲しみなんかに負けるはずはない。

「ごめんね」

私は奏を疑ったことを二人に謝った。

「奏は変わってしまったように見えた。でも、それは私の気のせいだったのかもしれない。たった一人の犯人なんかいない。私はみんなを信じたい。私たちはまた心をひとつにして戦わなきゃ……」

そう言って私は二人を抱きしめようした。

しかしそのとき、またあの声が聞こえた。

「信じちゃだめ。自分以外、誰も」

私はその声に驚いて、反射的に二人から離れてしまった。

今の声は、誰？

エレンでもアコでも、音吉さんでもない。

二人は驚いて私を見た。そしてその四つの目はすぐに悲しさに包まれた。

「どうして？」

「どうして私たちから逃げるの？」

私は何も言えなかった。

「犯人は、おまえのすぐそばにいるかもしれん」

音吉さんはそう言った。

違う。たった一人の犯人なんかいない。たとえ最初にヴァニッシュに取り憑かれたのが奏だったとしても、奏だけが悪いわけじゃない。それがみんなの心に広がったのだとしても、みんなが悪いわけじゃない。

頭の中の私はそう言ってる。でも……。

メフィストが消えた。アフロディテ様も。そして音吉さんも。

エレンとアコは、その三人を消し去る理由を持っている。

やめて！　私が私に叫ぶ。

エレンとアコはずっと悲しげな目でこっちを見ている。

「捜したニャ〜！」

ハミィが息を切らして駆けつけた。

「何してるニャ？」

ダメだ。ハミィの声もおかしく聞こえる。

ハミィは涙を流すエレンとアコを見て、私に言う。

「響、どういうことニャ？　こんなときに喧嘩しちゃダメニャ」

次の瞬間、黒い雲が唸り、ハミィを吸い込んだ。

「響ぃ！　エレン〜！　アコぉ〜〜！」

ハミィの甲高い声があっというまに遠ざかって消えた。

「どうして？　どうしてみんな……」

アコのその声は最後まで聞こえなかった。

「アコ！」

エレンが手を伸ばす。しかしその姿もすぐに見えなくなった。

エレンもアコもヴァニッシュに吸い込まれてしまったのだ。

「嘘……」

そう呟くのが精一杯だった。

「犯人は、おまえのすぐそばにいるかもしれん」

消したくても消せない音吉さんの声がまた頭に甦る。

それが奏でもエレンでもアコでもないとしたら……。

音吉さんでもハミィでもないとしたら……。

やっぱりヴァニッシュ？

私をこの世界に残して、何をしようっていうの⁉

「ぴー」

悲しげな声に振り返ると、ピーちゃんがこっちへ向かってゆっくりと歩いてきた。

「ピーちゃん。まさか……」

私は震える足で後ずさった。

ピーちゃんは私を見て「ぴー」「ぴー」と鳴き続けている。

「犯人は、おまえのすぐそばにいるかもしれん」

もうやめて！

でも私の頭の中にはもう、悪い予感しかない。

ピーちゃんは元はノイズ。人々の悲しみを吸い取る生き物。

もしみんなの悲しみを、ピーちゃんが全部吸い込んで、みんなを消し去っていたとしたら……。

すべて納得できる。誰が消えたかも、消えた順番も、ピーちゃんにとっては関係のないこと。ただ無差別に消し去ってただけなのかもしれない。

私は鳴き続けるピーちゃんから離れ、走り出した。砂浜に足を取られながら、夢中で走った。振り返るとピーちゃんが暗い空に向かって悲しげに鳴いていた。

「来ないで！」

時計塔の前まで走ると、誰かが私の名前を呼ぶ声がした。その声はどんどん遠ざかる。空だ。それは空から聞こえていた。

　見上げると、見慣れた三人の顔が目に入った。奏のお父さん、お母さん、そして奏太。
「響ねえちゃん！」奏太が怯えた声で叫ぶ。
「奏を助けてやってくれ！」今度は奏のお父さんが叫んだ。
「お願い、響ちゃん！」
　最後に叫んだ奏のお母さんの声は、あっというまにぶ厚い雲に吸い込まれた。
「奏……」
　きっと奏はまだ残ってる。どこにいるんだろう？
　家で一人で怯えてるんだろうか。
　私はもう一度私に尋ねる。
　犯人は、誰？
　私の中の私が、また犯人捜しへと動き出す。
　ピーちゃん？
　だとしたら奏も危ない。
　でも、今目の前で消え去ったのは、奏の家族。
　まさか奏が……。
　もういい加減にして！
　私はもう一人の私を突き飛ばして走り出した。

第七章　さよなら奏……

静かだ。静かすぎる。

私は荒い息に埋もれながら思った。

毎朝、砂浜を走っていたあの頃が遠い昔に感じられる。

走ってるのは同じでも、あの頃とは周りの状況があまりにも違う。

人影がまるでない。

音もしない。自分の体が風を切る音しか。

私は今、何のために走ってるんだろう。

しぶとすぎる黒い雲を見上げる。

もちろんあのヴァニッシュという化け物から逃げるためだ。

それが本当にヴァニッシュなのかはわからない。

その正体はみんなの悲しみなのかもしれない。

とにかく私は逃げてる。でも逃げ場なんてなくて、ただ闇雲（やみくも）に走ってる。

町を歩く人たちだけじゃなくて、いつも見回りをしている警察官たちの姿もない。路上に車は停められてるけど、中には誰もいない。

まるで世界が終わってしまったみたいだ。

いつだったかこんな映画を見たことがある。朝目覚めると異様な静けさを感じる。町に出ると自分以外誰もいない。主人公は誰もいない町を走る。どこまでも、どこまでも……。

それは夢だった。

あのタイトルも忘れてしまった映画の中では。

でもこれは、夢じゃない。

そのことを証明するように、頭の上の黒い雲が、この町の息の根を止めようとするごとく、不気味に唸っている。


家の中も静かだった。

「パパ」

そう呼びかけるのも怖い。

私の悪い予感は今、始まったわけじゃない。さっき誰もいない町を走ってたときから?

ううん、もっと前。奏の家族がヴァニッシュに吸い込まれるのを見たあのとき?

いつだっていい。

そろそろこの悪い予感を現実として受け入れなければならない。

どの部屋を捜してもパパはいなかった。

やっぱりそうだ。

パパもあの雲に吸い込まれてしまったんだ。

パパだけじゃなくて、この町の人がみんないなくなってしまったのかもしれない。

激しい風が家を揺らす。「最後はおまえだ」大声でそう言ってるみたいに。

玄関のドアが開く音がしたのは、そのときだった。

鍵を締めればよかった。そう思ったけど、すぐに今さらそんなことをしても無駄かもしれないと思った。

階段を上がってくる足音が聞こえる。

普通なら心臓がバクバクして泣きたくなってたかもしれないけど、不思議と怖さは感じなかった。

ううん。本当はどうしてそうならないかわかってる。

私はこの瞬間をずっと待ってたのかもしれない。運命という時計の針が重なり合うように、それは現れるべくして私の前に現れた。

「……かなで」

「よかった」と奏が言う。「私だけじゃなかったんだ」

その目は疲れ切ってる。目だけじゃない。体全体からどうしようもない疲れやあきらめが伝わってくる。

そこは私の部屋で、私は机の前の椅子に座ってる。

奏は私に促されるのを待たずに、ベッドに腰かけて、腰から折れ、うなだれて、その細い手で顔を覆った。

「……もう、誰もいないよ」

奏の声はどことも響き合うことなく、まっすぐ私の耳に突き刺さった。

私は悪い予感が当たったことを認めたくなくて、話をそらした。

「ヴァニッシュって、本当に存在するのかな」

「……どういうこと?」

「たとえば、犯人はピーちゃんかもしれない。だってピーちゃんは元々ノイズで、ノイズは悲しみを吸い取る習性が……」

「そんなことどうでもいいよ」

奏は私の言葉をさえぎって、どんな感情かまったく読み取れない声で続けた。

「もうみんないなくなっちゃったんだから」

「みんなって?」わかっていながらそう尋ねてしまう。

「みんなは、みんなだよ」

私はついさっき見た事実を、奏に伝えた。

「さっき見たの、私。奏のお父さんも、お母さんも、奏太も……」

「もういいって言ってるじゃない」

奏はいらだってるわけじゃない。それは怒りじゃなくてあきらめ。

きっともうすべてをあきらめてしまってるんだ。

奏によれば、町に残されたのは私と自分だけだという。

はっきりと確かめたわけじゃないけど、きっとそうなんだろう、と。

「……そうなんだ」

私はそんな平凡な言葉しか返せない。

救いのない沈黙が私たちを包み込む。

聞こえてくるのは不気味に唸る音だけ。ヴァニッシュだかなんだかわからないけど、きっと最後に残った私たちを飲み込もうとしてるんだろう。

何を話せばいい？

奏と二人でいて、そんなことを考えるのは初めてだった。

前は話したいことが山ほどあって、奏と別れたあとの帰り道には、あれも話せばよかった、なんでこれを話さなかったんだろうなんて、いつも後悔してたのに。

これからどうすればいい？　そう聞きたかった。

でも本当は……私はまだ奏を恐れてる。

この町を包んだ悲しみの根源は、奏なのかもしれない。

もしそうだとしたら、次に消されるのは私しかいない。

そうなれば誰もこの町を救えなくなってしまう。

「やっぱり、私のせいなのかな？」

私の妄想を後押しするように、奏が口を開いた。

「何の話？」

わかってるけど、私はそれをはっきりさせることが嫌だった。

顔を覆う奏の手が小刻みに震えているように見えた。

「わかってるくせに。響の嘘つき」

もう逃げられない。そう思ったら、震えているのは自分のほうだとわかった。

「犯人は、悲しみ、なんでしょ？」

その言葉に思わずドキッとした。確かにそうだ。「悲しみ」。そこからすべてが始まった。

「だって私、本当に悲しかったから、あのとき……」

「……ごめん」

この先何を言うか整理するために、私はいちばん無難で平凡な言葉を選んだ。

顔を覆った奏の手から涙がこぼれる。

「だって響は、私に仕返ししようとしたから」

「違うよ。そう言ったでしょ？　あれはただ、王子先輩になぐさめてもらってただけ」

「何を？」

「演奏がうまくいかなかったこと」

「響はそれを私のせいにした？」

「ううん。でも」

「でも？」

「みんなが変わってしまったように感じた。王子先輩にそう言ったと思う」

奏は何も言わない。ただ涙を流し続けてる。

今日一日でいったい何人の涙を見たんだろう。

私だってこんなに悲しいのに、みんなの顔が悲しすぎて、泣く気になれない。

さっきより強くなった風が窓をたたく音だけが聞こえる。

「悲しかった、ほんとに」

奏は同じ言葉を繰り返した。

「仕返しだったら、ちゃんとそう言って欲しかった」

「だから違うって」

「響ったら私が来ても、ベンチから立ち上がりもしないで、それどころか見せつけるみたいに王子先輩に体をくっつけて」

「え？」

言葉を失うとはこのことだ。

私が？　奏の前で？　王子先輩に体をくっつけた？

そんなわけない。きっと奏の見間違いだ。悲しすぎて、そう見えてしまっただけだ。

奏が顔を覆っていた手をはずして、こっちを見た。

その目は赤く腫れていて、噛んだ下唇が小さく揺れていた。

「そんなわけないよ奏。きっとあのとき奏は、悲しみに襲われて、私と王子先輩の距離が近づいて見えただけだと思う」

「……そうだよね。そんなわけないよね」

本当は全然そう思っていないけど、私には奏が精一杯そう思おうとしてるように見えた。

どうしてこんなふうになっちゃったんだろう。

「ほらね」と奏がおかしくもないのに笑ってみせる。「私、やっぱり変わっちゃったんだよね。おかしくなっちゃったんだよね」

奏は助けを求めるような目で私を見る。

「前は響にこんなこと思わなかったのに。嫉妬ぐらいしたことあったけど、こんなふうに疑って悲しむことなんてなかったのに……どうしてだろう。自分がうまくコントロールできない」

「だからそれは奏のせいじゃなくて……」

「ううん。ぜんぶ私のせいだよ」

「……奏」

「響もそう思ってるんでしょ？　私の悲しみがすべての始まりだって」

私は思わず目を伏せた。

やっぱり親友だ。隠し事なんてするだけ無駄だったんだ。

「……そう思ったよ。でも今は、わからない」

「でもね響、私が本当に悲しかったのはね、王子先輩のことじゃないよ」

「……何？」

「私が本当に悲しかったのは、響に『大っ嫌い』って言われたこと」

大っ嫌い。

私はそんなこと言ってない。絶対に。

いくらあのときの記憶が曖昧だとしても、そんなこと言うわけがない。

大好きな奏に、そんなこと……。

私は勇気を振りしぼって立ち上がった。

もう言葉なんか要らない。それは重ねれば重ねるほど、私たちを遠ざけてしまうから。

私は奏を抱きしめようと手を広げた。

「かなで」

「ひびき」

奏は疲れきった子どもが眠るみたいに、私の胸に体をあずけた。

奏の体って、こんなにちっちゃかったっけ?

私は雨に濡れた子犬にそうするように、奏をそっと抱きしめた。

私の背中に奏の手が回る。

きっと、今この町には私たち二人だけしかいない。

私は奏の体温を感じながら、さっきまで信じたくなかったそのことが、まぎれもない事実になっていくのを感じた。

「力を合わせなきゃ、今こそ」

震えそうになる声を抑えるのが大変だった。

「そうだよね」と言う奏の声も震えてた。

「もう、私たちしかいないんだから、しっかりしないと。今こそ」

「心をひとつに」

先走った私の言葉を聞いて、奏が私の背中をつかんだ。

私は悲しみから抜け出そうとする奏の力を感じた。

たとえ奏が化け物に取り憑かれてるのだとしても、私は奏を信じる。いくら危ない目にあっても、一緒に戦う。絶対に。

「あなたを消したい」

「え?」

不意打ちで襲ってきたその声は、私が今いちばん認めたくない事実をくっきり浮かび上がらせた。

「そうすればもう二度と悩むことはなくなるから」

奏だ。これはやっぱり、奏の声だ。

気づくと私は奏から離れていた。

「ひびき？」

間違いない。

私の耳にずっと突き刺さっていたあの声は、奏の声だったんだ。

何度打ち消そうとしても、事実は高い壁のように私の前に立ちはだかる。

もう認めよう。

こんなに奏のことを信じてるのに、大好きなのに、事実は事実なんだから。

「どうして？」

私はこれ以上その声を聞きたくなくて、自分を見る奏の寂しい目を見たくなくて、部屋を飛び出した。

サンダルがパタパタと間抜けな音を立てる。

振り返ると、奏は裸足だった。

私たちはそのまま外に出た。

そして荒れ狂う黒い雲の下で、今まででいちばん悲しい追いかけっこをした。

「あなたを消したい」「あなたを消したい」

耳の中で何度もこだまする恐ろしい言葉に取り囲まれながら……。

サンダルが脱げて私は転んだ。そんなことどうでもいいのに、すりむいた膝を何度もさすった。

逃げ出したい。この事実から。

すべて夢だったと目を覚まして、奏とくだらない話をしたい。

いつまでも笑っていたい。

でもこれは、夢じゃない。

私を見下ろす奏の顔は、今まで見たことない恐ろしい顔だった。

「奏、私を消して」

気づくとそう口にしてた。

これ以上悲しい思いをするくらいなら、このまま奏に消されてしまったほうがましだ。

「ねぇ、奏、お願い。私を消して」

「ひびき」奏が今にも泣き出しそうな顔になり、私はうつむく。

「どうしてそんなこと言うの？　どうしてそんな悲しいこと……」

「だってこれ以上、悲しい思いをしたくないから。ねぇ、奏！」

私は顔を上げた。でもそこには誰もいなかった。

夢？

そう思ったのもつかのま、風と風がぶつかり合うすさまじい音がして、奏の体はあっというまに黒い雲へと吸い込まれていった。

嘘……どうして……？

誰が奏を？

私は心の中で問いかけた。

誰もいない。すぐにそう感じた。

この町にはもう誰も。

そして、「どうして？」という私の問いかけに答えてくれる人も、もうどこにもいないのだと……。

第八章　現れた真犯人

タイトルを忘れてしまった、いつか見た映画の主人公みたいに、私は誰もいない町をさまよい続けた。

夢ならすぐさめて。

誰かのイタズラなら今すぐ終わらせて。

そう願いながら。

奏の話は本当だった。

この町にはもう誰もいない。

時計塔を見上げる人も、大きな鍵盤を踏む人も、浜辺を走る人も、町で演奏する人も、誰一人いない。

「あー」と声を出してみた。

でもその音の響きはすぐに消え去って、味気ない音のまま、しぶとく唸る黒い雲へと吸い込まれていった。

「誰か」と口にしてみた。でもその後が続かない。

不安と恐怖で声がかすれて、叫びにならない。

でもたとえ叫べたとしても、誰も助けには来てくれないだろう。

みんなどこへ行っちゃったんだろう。

あの黒い雲の奥には何があるんだろう。

みんな消えてしまったのかな。もう一人残らず死んでしまって、二度と戻ってこないのかな。

ママはどうしてるだろう？

さっき家に帰ったとき、ママにテレビ電話をかければよかった。

でももう引き返す気にはなれない。

ママに来て欲しいけど、来て欲しくない。

だってママまであの雲に吸い込まれてしまったら、私は本当に世界で一人きりになってしまう。

これからずっと一人で生きていくしかない。

そう思ったら寂しくてたまらなくなった。

何も考えたくないけど、頭を真っ白にすると今にも消え去ってしまいそうな気になる。

浜辺に出た。

いつも心を慰めてくれる青い海が、今はすごく遠くに感じる。

まるで無人島にたった一人で流れ着いたみたい。

私は砂浜を歩きながら、今まで起きたことを振り返ってみた。

あの日から、あらゆる音が変なふうに聞こえ始めた。

奏と気まずくなった次の日のことだ。

それから王子先輩がいなくなった。

それは突然の出来事だった。

捜しても、捜しても、どこにもいなかった。

不思議な声が聞こえるようになった。

絶対に聞いたことがある声なのに、誰の声なのか思い出せなかった。

それから、一人、また一人と、町から人がいなくなっていった。

ヴァニッシュ。

音から響きを奪う化け物。

悲しみを持つ人に取り憑くというヴァニッシュ。

私はその取り憑かれた人間が、奏なんじゃないかと思い始めた。

私と王子先輩が仲良くしているのを見て、悲しんだ奏がヴァニッシュに取り憑かれて、みんなを消し去ってしまったんじゃないかと。

不思議な声が、エレンやアコや音吉さんの声に聞こえたこともあった。

でも違う。

みんな消えてしまったから。

さっきは奏も目の前で消えた。

奏だけじゃない。エレンもアコも。

音吉さんも、メフィストも、アフロディテ様も、ハミィも、パパも……。

ヴァニッシュはいったい、誰に取り憑いたんだろう。

いや、もしかしたら……。

ヴァニッシュが悲しみを持つ人間に取り憑くというのは音吉さんの推測にすぎない。

もしかしたら誰にも取り憑いてないのかも……。

ヴァニッシュが自分自身でこの町を襲って、あらゆる音から響きを奪い去って、そして
みんなを消し去って、私一人にして、今にも私に襲いかかって、この町の息の根を完全に
止めようとしてるのかもしれない。

私は空を見上げた。

相変わらずその黒い雲は不気味に唸って、町を見下ろしてる。

ヴァニッシュ、答えて。

あなたは誰に取り憑いたの？

それとも誰にも取り憑いてなくて、すべての人を消し去ろうとしてるの？

でも……。

私はまだ、ヴァニッシュの正体を見ていない。

みんなを吸い込んだあの黒い雲がそうなのかもしれないけど、その顔も体も、はっきり
したものはまだ何も見てない。

本当にヴァニッシュの仕業なんだろうか。

あの黒い雲の向こうにその顔や体が潜んでるんだろうか。

いくら考えても答えは出ない。

でも考え続けていないと答えは出ない。

ここにいるのはもう私だけなんだから。

答えを知ることができて、この事件を解決することができるのは、もう私だけなんだから……。

私はからみつく砂から抜け出して、また町へ出た。

「すべて消え去れば、悲しさなど感じない」

私は誰もいない町を見て、みんなと一緒にノイズと戦ってた頃を思い出した。

あのときもこんな感じだった。

ノイズはこの町からすべての音を消し去ろうとした。

何もかもなくして、悲しさを感じないようにするために。

あのとき、町から音が消えた。

その言葉にできないほどの悲しさを、今もこの体と心が覚えてる。

そして、音楽が復活したあのときの、震えるような感動も。

ノイズは私たちから音楽を奪うことができなかった。

どんなに音を奪われても、私たちが絶対にあきらめなかったから。
あきらめない私たちの鼓動が、ずっと生きていたから。
今私は、あのときの強い心を持たなければならない。
あのときの、強く勇ましい鼓動を。
たとえこの世界に存在するのが、私一人きりだとしても……。
そのとき、私の耳に聞き慣れた音が聞こえた。
あの黒い雲からじゃない。不気味に吹く風でもない。
誰？
誰もいないはずなのに……。
次の瞬間、体が震えた。
誰もいない？　私以外には？
違う。
私が震えたのは、誰かを忘れていたことに気づいたからだ。
そう、私は一人じゃない。
高鳴る鼓動をおさえて振り返った。
その誰かがまた聞き慣れた音を出した。
「ぴー」

そう、ピーちゃんだ。
こっちを見て、悲しそうに鳴き続けてる。
ぴー、ぴー、ぴー……。
ピーちゃんはまだこの町にいた。
「私を忘れないで」
その目は、そんなふうに訴えてるように見えた。
やがてヨタヨタと歩み寄ってくる。
私は後ずさりながら、この悲劇を起こした犯人について考えた。
ノイズ？
黒い雲を見上げる。
するとピーちゃんも、怯える私をからかうように、雲を見上げた。
「どうして今まで気づかなかった？」
ピーちゃんがそう言ってるように聞こえた。
もしかして……。
初めからヴァニッシュなんかいなかった？
ノイズがあの不気味な黒い雲に形を変えて、私たちに復讐を仕掛けた？
この世界から再び音を奪うために。

ピーちゃんという可愛らしい生き物の陰にひっそりとたたずんで、復讐のときを待ち望んでたんだ。

ピーちゃんが歩みを速める。

その目はいつものピーちゃんじゃないように見えた。

私に気を許して、「遊んで」とせがむピーちゃんじゃない。

ピーちゃんの歩みがまた速くなって、やがて小走りになる。

私はとうとう走り出した。

「来ないで！」

かすれてたはずの声が大きな叫びに変わった。

「すべて消え去れば、悲しさなど感じない」

ノイズはそう言った。

ぴー！　ぴー！

夢中で走った。もう怖くて振り返られない。

ピーちゃんが大きく鳴きながら迫ってくるのがわかった。

「来ないで！　私を消さないで！　私たちの大切な音楽を奪わないで！」

ノイズはあきらめてなかったんだ。

何がなんでも、すべてを消し去ってしまいたいんだ。

あらゆる悲しみを、感じなくなるまで……。

必死に走って逃げ込んだのは、見覚えのある場所だった。
でもそれはあのときとは違って、まだ完成してない。
あのとき。去年の夏祭り。
奏とエレンと一緒に来た楽しいお祭り。
その会場の中に建つ、お化け屋敷。
中へ飛び込むと、そこは真っ暗で、通路もまだまだ作りかけだった。
誰もいない。
去年、私たちを驚かせた、あの無邪気なお化けも。
暗くて何も見えない。自分の手や足さえも。
私は気持ちを落ち着けるために、去年のお祭りを思い出した。
お化けが苦手なエレンが叫び声を上げて、私と奏の手をつかんで飛び出した。
私たちは大声で笑った。
懐かしい。あの笑い声が。
頭の中で、聞こえないはずの音の響きが聞こえる。
私たちは響き合っていた。

だからあの恐ろしいノイズにも打ち勝つことができたんだ。

そのノイズが、また私たちの前に立ちはだかった。

いや、「私たち」じゃない、今は。

私一人だ。

たった一人で、この闇の外で鳴き続けてるだろう、ノイズという化け物に立ち向かわなければならない。

「違う。あなたが倒すべきは、ノイズなんかじゃない」

え？　誰？

私は心の中で、この耳に聞こえた声に反応した。

誰？

私が倒すべきは、ノイズじゃない？

誰なの？　ずっと私を苦しめてきたあなたは？

私は聞き覚えのあるその声を頭の中で何度も再生した。

今までずっと、この耳に突き刺さってきた、その声を。

「王子先輩を消したのは、私」

最初にその声は私にそう告げた。

そして、どうしてもその声の主を思い出せない私にこう言った。

「あなたにはそれが誰かわかってるはず」

わからない。誰なの？

「自分と他人は違う」

「しょせん理解し合うことなんてできない」

その声は、いつも私を迷宮へと追い立てた。

「誰もいなくなれば、孤独や悲しみは、存在しなくなる」

「それが私の幸せ」

「これでわかったでしょ？　私の本当の姿が」

わからない。

「あなたは今まで、たまたま出会わなかっただけ。本当の私に」

頭の中でこだまするその声が、少しずつ、でも確実に、何度も聞いたあの声へとシンクロしていく。

嘘！　やめて！

「悲しみに打ち勝つ方法はたった一つ」

「自分を悲しくさせる人々がいなくなればいい」

嘘だ。そんなはずない！

「そうすれば、悲しみは永遠に消え去る」

私は耳をふさいで、その場にうずくまる。

「信じるな。あなたの直感はきっと正しい」

気配を感じる。

私を包む暗闇が、いつしか人の形になって、私の肩に覆いかぶさってくる。

「信じちゃだめ。自分以外、誰も」

来ないで、お願い！　私は一人で立ち向かわなきゃいけないの。

「あなたを消したい」

私に覆いかぶさる「彼女」が、私の耳の奥に囁く。

「そうすればもう二度と悩むことはなくなるから」

かなで？　あなたなの？

奏、どうしてここにいるの？　奏は答えない。

でも間違いなく私のそばにいる。

やっぱりそうだったんだ。すべては奏から始まったんだ。

その悲しみをヴァニッシュが吸い込んで？

いや、ピーちゃんが吸い込んで、大きくなって？

わからない。もう何もわからない！

私はうずくまったまま、どんなお化けより怖いその影に怯え、目を閉じ、耳をふさぎ、体を震わせた。

かなで……ごめんなさい……。

どうして気づいてあげられなかったんだろう。

ずっと隣にいたのに。

どうして私は、その悲しみに……。

何もかも見えてたつもりだったのに、ほんとは何も見えていなかった。

まるで追いつめるような黒い波にのまれた、今の私みたいに。

そう、ここは真っ暗闇。糸ほどの光も入ってはこれない。

闇が閉じ込めているのは、その文字の通り、『光』じゃなくて『音』なのだ。

ここにはどんな音も存在しない。誰かが話す声も、歌声も、鐘の音も、車のクラクションや、雨や波の音も……。

何も聞こえない。

ずっとここにいたい。

いや、こんなところには一秒だっていたくない。

自分がどうしたいのか、さっきからずっとわからずにいる。

頭に浮かんだのはノイズの言葉。

「この世界は楽しいことばかりじゃない」

あれは本当のことだったのかもしれない。

今、私に何ができるんだろう。

知らない誰かのためにこの身を捧げたあのときみたいに、勇敢に戦うことができるのだろうか……。

ううん。そんな自信は、ない。

今もこの心の中にト音記号があるなら、それはきっとぐちゃぐちゃに折れ曲がっているだろう。

自分がそんなふうに感じるなんて、夢にも思わなかった……。

倒すべき相手がヴァニッシュやノイズじゃなく、大親友の奏だとしたら、この身を投げ捨てて戦うことなんて、できるはずがない……。

音吉さんの言葉が頭に甦る。

「犯人は、おまえのすぐそばにいるかもしれん！」

そうか。そういうことだったんだ。

「一瞬でも心に隙ができれば、悲しみや孤独に取り憑かれてしまう。それが人間というものじゃ」

奏は私と王子先輩が仲良くしてる姿を見て、悲しみを感じた。だから悪い心に取り憑かれてしまったんだ。

ノイズと戦ったあのとき、私たちは思い知らされた。
音符はただの音符。使う人によって楽しくも悲しくもなる。すべては自分次第。
そう。奏は美しい音を奏でる、罪のない一つの音符だった。
でもそれを誰かが悪い音符に変えてしまった。
奏、大丈夫だよ。あなたは悪くない。
「私を消して」
私はあなたにそう言った。あなたが消える前に。
あれは嘘じゃなかったんだよ？
あなたと争うぐらいなら、自分が消されたほうがまし。
本当にそう思えたの。
目が少し暗闇に慣れてきた。
ゆっくりと動いてみる。あたりを見回してみる。
すぐに気づいた。そこには人影なんてない。
奏なんていない。いるはずがない。
奏はさっき、私の目の前で黒い雲に吸い込まれていったんだから。
じゃあいったい、誰なの？
私は頭の中にわいては消えていく様々な疑惑に混乱して、めまいを覚えた。

なんとか立ち上がろうとしたけど、どこが上でどこが下なのかわからなくて、よろけてしまった。

私に覆いかぶさってたはずの影は消え去り、この静かなお化け屋敷には自分だけしかいないことに気づいた。

でも、また聞こえた。

「わからないの？」

何が？

「どうしてわからないの？　私が誰だか」

「……誰？」

私は勇気を出して、その声に問いかけた。

でも返事は聞こえない。

「誰なの？　いい加減に姿を現しなさい！」

音をたてるはずのない沈黙が、不気味に音をたてた。

それはまっすぐに私の胸に突き刺さって、抜けなくなった。

この声は……まさか……。

とんでもなく嫌な予感がした。

私は私の中で、絶対にありえないと思ってた可能性が、静かに、ゆっくりと、形作られるのを感じた。
音符は音符。でも使い方によっては……。
「犯人は、おまえのすぐそばにいるかもしれん！」
ヒントはそれだけでじゅうぶんだった。
私はもう一度、耳の奥に突き刺さったあの声たちを思い出した。
「誰もいなくなれば、孤独や悲しみは、存在しなくなる」
「それが私の幸せ」
誰の？
答えはもうわかってる。とうとうわかってしまった。
あとは認めるだけ。でもそのことが怖くてたまらない。
この世界中の誰もが、それぞれの音を奏でる音符だ。
でもその音符をどう見るかで、世界は変わってしまう。
私は思った。みんなが変わってしまったと。
奏も、エレンも、アコも、みんな。
心をひとつにして戦ってたあの頃と違って、バラバラになってしまったと。
そう思って、やりきれない気持ちになった。
でも本当は……みんな変わってなどいなかったのかもしれない。

私がそう感じてしまっただけで……。

真実が近づいてる。あともう一歩だ。

でもその一歩が怖くて、私は動けずにいる。

だめだ。ちゃんとまっすぐ向き合わないと、私は永遠にこの暗闇から抜け出すことはできない。

私は、みんなが変わってしまったと思って、やりきれない気持ちになった。

そして、こう思った。

みんないなくなればいいって。

そうすればこのやりきれない気持ちは消え去ってくれるからって。

「そう」

またあの声が私に囁いた。

「私はそう思った。私は、私は、私は……」

今思えば、ずっと前から周りの音がおかしく聞こえてた。

それはいつから?

王子先輩と一緒にいるところを奏に見られてから?

ううん、違う。

あれは私が、みんなに対して悲しみを感じてから。

そう、悲しみを。

だから、ヴァニッシュに取り憑かれたのは……。

「あなたは……」

私は、闇の中で私を見つめる「彼女」に、この町に悲劇をもたらした「犯人」に話しかけた。

「あなたは……」

息を飲む。怖くてたまらない。

でも、もう逃げられない。

今までずっとこの真実から逃げ回ってきたんだから。そのせいでみんなを悲しませてしまったんだから……。

「あなたは……私ね？」

沈黙の後に、聞き慣れた声がした。

「……そう。やっと気づいたんだね」

間違いない。それは私の声だった。

私は、その犯人の存在があまりにも近すぎて、今の今まで気づくことができなかった。

私だ。

今までずっとみんなを苦しめた者、私を苦しめた者、
王子先輩がいなくなればいいと願った者、
仲間たちを疑った者、
それはすべて、私だったんだ……。

いちばんはじめに、誰よりも早く悲しみを感じて、ヴァニッシュに取り憑かれて、私と奏の絆を守るために王子先輩を消し去って、その悲しみを奏に、エレンに、アコに、そしてみんなにばらまいたのは、私だったんだ。

私のせいでみんなが悲しんだ。涙を流した。

そんな簡単に泣くはずのないエレンやアコや奏や音吉さん……。

みんなの涙は、私の涙だったんだ。

泣いてたのはみんなじゃなくて、私だったんだ。

でも私はその真実から逃げ回った。

逃げて、逃げて、私にとっての悲しみのもととなる周りの人たちを消し続けて、とうとう一人きりになって、この暗闇に逃げ込んだ。

もう逃げられない。どこにも逃げる場所はない。

「やっとわかったのね」

私が私に囁く。

「あなたの望み通り誰もいなくなった。これでもう、永遠に悲しまなくてすむ」

「嫌」私は声をしぼり出した。

「そんなの、絶対に嫌！」

第九章　プリキュア復活！

私はまとわりつく闇を振り払って外に出た。

そして、不気味に唸る黒い雲を見上げた。

叫べ、私よ。

私は怯える私の背中を押した。

叫ぶのよ。今すぐ。

私の悲しみの犠牲となったみんなを取り戻すために。

私は今までの罪を懺悔するように、声の限り空に叫んだ。

「私はずっと寂しかった！　みんなが変わってしまったように見えて寂しくてたまらなかった！　でもその気持ちを誰にも言えずにいた。悲しくてたまらないのに平気なふりをした。みんな変わっていくのは当然。大人になるとはそういうこと。そんなふうに背伸びして、無理をして、本当の気持ちを心に押し込めて……。でも私は耐えきれずに思ってしまった。みんないなくなればいいのにって……そうすれば悲しまないですむのにって……。その心の隙にヴァニッシュ、あなたが取り憑いて……私は自分の悲しみを、自分で解決しなきゃならない問題を、みんなにばらまいて、この町を悲しみで埋め尽くしてしまった！」

私は驚いた。自分の中でこんなにも思いが渦巻いてたことに。

これを全部吐き出さなければならない。そうしないと私は一歩も前に進めなくなる。

叫べ、私よ。声の続く限り！

「私はとんでもない罪を犯してしまった。その時間は戻らない。やってしまったことは取り返しはつかない。でも……私は……負けない！　だって私は、またみんなに会いたいから！　みんなが変わってしまってもいい。自分と全然違う人間でもいい。それぞれの音を響き合わせて、また一緒に音楽を奏でたい！」

声がかれるまで叫んだ次の瞬間、私は自分の中から猛烈にこみ上げる何かを感じた。

それはドロドロした真っ黒い物体で、あっというまに私の体からあふれ出て、私の目の前で不気味な形に変化した。

「……ヴァニッシュ」

それは見たこともない化け物だったけど、私にはわかった。

これがヴァニッシュだ。

あらゆる音から響きを奪い、この世界を悲しみで埋め尽くす化け物の正体だ。

悲しみを感じた私に取り憑いて、ずっと私の中に潜んでいたんだ。

私は蠢くヴァニッシュから逃れながら、空に叫んだ。

「みんな、私を助けて！　どんなに強くなったとしても、一人じゃ戦えないから！　お願い！」

すると黒くぶ厚い雲が分かれ、奏とエレンとアコが舞い降りてきた。

「奏！　エレン！　アコ！」

「響！」

三人の声がきれいにハモった。

それはまだ響きを持たない音だったけど、必ずもとの音に戻してみせる！

私はそう心に誓った。そして私たちは手と手を取り合った。

「あれは？」

奏が蠢く不気味な化け物を指さした。

「まさかあれが、ヴァニッシュ？」

「そうだよエレン」

私がそう答えると、ヴァニッシュは蠢きながらどんどんその体を巨大化させていった。みるみる大きくなって、あっというまに時計塔の高さを超え、見上げるほどの大きさになった。

そしてヴァニッシュは不気味な唸り声を上げながら回転し、私たち四人を吸い込もうとした。

私たちは互いの手を強く握り、それを防ぐ。

この手は、絶対に離さない！

「どうしよう。変身しなきゃ」

アコがそう言ったけど、キュアモジューレがなければ変身することはできない。

ヴァニッシュの勢いはさらに強くなって、いちばん小さいアコが吸い込まれそうになる。

「アコ！」

エレンがアコの手をつかむ。

「エレン！」

アコが必死にエレンの手をつかむ。

私と奏も必死でアコの体にすがりつく。

「行かないで！　もう誰も、どこにも行かないで！　私を一人にしないで！」

私がそう叫んだ次の瞬間、どこからか声が聞こえた。

それは今まで聞いたことのないほど悲しい声だった。

「聞こえるか、この悲しい音たちが」

ヴァニッシュだ。これはヴァニッシュの声だ！

その声も、不気味な唸り声も、吹きすさぶ風の音も、何もかもこの耳に寂しく乾いて聞こえる。

私たちは耳をふさぎたくなるのをこらえて、ぎゅっと抱き合った。

「みんな、負けないで！　その手を絶対に離しちゃだめ！」

私の呼びかけにみんながうなずいた。

ヴァニッシュはそんな私たちをあざ笑うように悲しい声で叫ぶ。

「私はすべての音から響きを奪い去った。おまえたちのその声も二度と響きを取り戻せない！　覚悟しろ、あわれなプリキュアたちよ！」

「どうする？　響」と奏が弱気な声を出す。

「このままじゃみんなヴァニッシュに吸い込まれちゃうよ！」

私は声の限り叫ぶ。

「奏！　あきらめないで！　大丈夫！　私たちは絶対に負けない！　絶対にヴァニッシュを倒す！　私は、私は、みんなに悲しい思いをさせたヴァニッシュを絶対に許さない！」

すると、どこからか声が聞こえた。

ぴー！

見るとピーちゃんが私たちを見て叫んでた。

ぴー！　ぴー！　ぴー！

「ピーちゃん！」とエレンが叫ぶ。

私はピーちゃんを見つめた。

ピーちゃんも私をじっと見つめたまま鳴き続けてる。

どうすればいい？

信じていいの？　ピーちゃんを。

わからない。

ピーちゃんが私たちに何を訴えてるのか。

そのとき、

「ピーちゃんを信じるニャ――――！」

ハミィが叫びながら空から舞い降りてきた。

「ハミィ！」

ハミィはピーちゃんを警戒する私にこう告げた。

「ピーちゃんがみんなに力を与えてくれてるニャ！　プリキュアに変身できるニャ！」

私たちは顔を見合わせ、うなずいた。

そして私はハミィの言葉を信じて、あらゆる悲しみを受けとめるようにピーちゃんを抱きしめた。

「ピーちゃん！」

そして私は、奏とエレンとアコを見て、忘れかけていたあの言葉を叫んだ。

「ここで決めなきゃ女がすたる！」

すると奏が、私に負けないくらい大きな声で叫んだ。

「気合のレシピ見せてあげるわ！」

エレンとアコがすぐに後に続いた。

「心のビートは、もう止められないわ！」

「たとえどんなに邪悪な心でも、女神の調べで包んでみせる！」

そしてピーちゃんと私たち四人はひとつになった。

次の瞬間、私たち四人の目の前に、輝くキュアモジューレが現れた！

ぴ――――！

ピーちゃんが再び叫ぶと、その叫びが四つの光となって、私たちのキュアモジューレに突き刺さった。

「変身するニャ！」とハミィが叫ぶ。

「ピーちゃんはみんなの味方ニャ！　みんなを助けてくれるニャ――！」

私たちは目を合わせてうなずき、大きな声であの言葉を叫んだ。

「レッツプレイ！　プリキュア　モジュレーション！」

「届け四人の組曲！　スイートプリキュア♪」

私たちは再びプリキュアとなって、荒れ狂うヴァニッシュに向けて、それぞれの名前を叫んだ。

「爪弾くは荒(あら)ぶる調(しら)べ　キュアメロディ！」

「爪弾くはたおやかな調べ　キュアリズム！」

「爪弾くは魂の調べ　キュアビート！」

「爪弾くは女神の調べ　キュアミューズ！」

私はみんなの力強い声を聞いて、心に誓う。

世界を守るために戦う、この四人の響きを、絶対に守ってみせる！

私たちは叫び声と共に、ヴァニッシュに襲いかかった。

私は戦いながら奏と言葉をかわした。

それはただの声と声じゃない。心と心をぶつけ合う会話だ。

「奏、聞こえる？　奏のこと疑ってごめん！　悲しみに取り憑かれてたのは私だったの！」

「響……」

「私は奏やエレンやアコが変わってしまったように思えて悲しかった。その心にヴァニッシュが取り憑いてしまったの。私は悲しくて、王子先輩を消した。奏を消したくなかったから、王子先輩を犠牲にしてしまったの！　そのうち私の悲しみは奏やエレンやアコに乗り移って、どんどん人が消え去ってしまったの！　ごめんなさい！　こうなったのは全部私のせいだったの！」

「ありがとう響。正直に言ってくれて。でも悲しかったのは響だけじゃないよ。私も悲しかった。響が変わってしまったような気がして」

「『奏なんて大っ嫌い』私はそう言ったんだよね？　あのとき。送別会の後」

「そう。悲しかった。でもそれは私がピアノの練習をしなかったから。私だって悪かったんだよ、響！　私も響を疑ってた。私の知らないうちに響と王子先輩が仲良くしてるみたいに感じて」

「わかってる！」

「違うよ奏！　王子先輩はただ、ピアノを教えてくれただけだから」

「奏！　私は奏のことが大好きだよ！　でも悲しくて、王子先輩と仲良くしてるところを見せつけようとしたのかもしれない！　私はそんな自分が大嫌い。そう思って、また悲しくなってみんなを」

「でも響は私たちのことは最後まで消さなかった！」

「……かなで……でも私は結局、みんなのことも消してしまった……」

「でも戻ってきたよ、私たちは。響が本当の心を叫ぶ声が聞こえたから！」

「……ありがとう……ありがとう、奏！」

「響、響がなんで私たちを最後まで消さなかったのかわかる？　それは、私たち四人がみんなで生き残って、この町を救いたかったから。そうでしょ⁉」

「……かなで……」

「好きだからこそ、嫌い！」エレンが戦いながら私に叫ぶ。

「私たちの心の中には、そういう思いもあるんだと思う」

「そうだよ」とアコが答える。「だから、これからも、そういう危うい心と戦い続けなきゃならないの！」

「エレン……アコ……」

私はみんなの言葉を聞いて思った。

みんなは確かに変わってしまった。

でもそれはきっと、強くなったから。

みんな大人になるために、必要な変化だったんだ。

「苦しかったんだね」と奏が言う。「つらかったんだね、響」

私たちの攻撃がヴァニッシュを追いつめていくたび、みんなの声が徐々に響きを取り戻していくような気がした。

「私たちは」と奏が言う。「これからも変わっていくのかもしれないけど、でも、仲間を信じる気持ちは絶対に変わらない！」

私はその言葉に胸を詰まらせた。

そう、私たちは仲間だ。

大丈夫。私たちの鼓動はまだ生きてる。確かに響き合ってる。

　ヴァニッシュがキュアビートを吸い込もうとする。

　私はキュアビートの手を取って、ヴァニッシュから引き離し、キュアリズムの手を取った。

「いくよリズム！」

「オッケー、メロディ！」

　私たちはうなずき合って、互いの手を強く握った。

「ビート！　ミューズ！」

　キュアビートとキュアミューズは私に呼びかけられるまでもなく、自然と私とキュアリズムのそばに寄り添い、私たちは手と手を重ね合う。

「プリキュア・パッショナートハーモニー！」

　まばゆく力強い光が、ヴァニッシュに向けて一直線に飛んでいく。

「私たち四人のハーモニーパワー。響き渡れ——！」

　私はその光を見つめながら思った。

　復活した私たちプリキュアに、かなう敵などいるはずがない！

　強くなった私たちに、越えられない壁なんてない！

　それを証明するかのように、私たちの攻撃を受けたヴァニッシュが、目の前で砕け散った！

「やったニャ————！」

ハミィの明るい声があたり一帯に響き渡った。

そして、それを合図に黒い雲も砕け、何十日かぶりに青空が顔を出した。

そこから消え去った人々が、私たちの勝利を祝福するクラッカーみたいに、次々と地上へと舞い降りてきた。

王子先輩！　聖歌先輩！　和音！　奏太！

パパ！　音吉さん！　メフィスト！　アフロディテ様！

バスドラ！　バリトン！　ファルセット！

みんないる。

誰かが笑ってる。誰かが泣いてる。誰かが話してる。

その響きの戻った音たちは、私の耳に心地よく響いた。

第十章　そして私たちは……

ヴァニッシュとの、いや、自分自身との戦いが終わってから、私は何度も町を歩いた。

今日で何度めだろう。

目的は特にない。ただなんとなく歩いてみたいだけだ。

ドイツへ行く日がやっと決まって、送別会もみんながやり直してくれることになったから、ピアノの練習をしなきゃならない。もちろんしてるけど、それでも私は時間が許す限りこの町を何度でも歩きたい。

今日も町には音楽が流れている。

町のスピーカーからは毎日違う音楽が流れて、時計塔の前でいつも誰かが演奏している。

エレンとトリオ・ザ・マイナーが演奏しているのも何度か見た。

音がズレたのか、時折後ろの三人を睨むエレンとか、その視線に怯えてさらに萎縮してしまう三人とか。

加音町名物の大きなピアノの鍵盤も何度か踏みに行った。

踏みながらいろんな音を出していると、子どもの頃を思い出す。

そして思う。

このまま時間が経つのを忘れて、日暮れまで鍵盤から鍵盤へ飛び移る子どもでいたい。

ドイツになんか行かずに、プロのピアニストになんかならずに、このままずっと、この町で心地よい音楽に包まれて過ごしたい。

でも……。

その気持ちは本当だけど、私はもう子どもじゃない。

初めて自分の指でドレミファソラシドが弾けたときの、あの感動を忘れたくはないけど、私はもうあのときの少女じゃない。

そういえばこのまえ、肉屋のオバチャンに言われた。

「響ちゃん、なんだか大人っぽくなったわね～」

自分ではわからないけど、もしかしたらそうなのかもしれない。

今振り返ればわかる。

私は子どもだった。

友達が変わってしまうのが悲しくて、嫌でたまらなくて、まるで子どもみたいに駄々をこねて、みんなを悲しませてしまった。

そんな自分に気づけずに、他の誰かのせいにしようとしていた。

あのときと比べれば、確かに私は大人になったのかもしれない。

「響は響ニャ♪」

ハミィはそう言ってくれた。ハミィはきっと、私が大人だろうが子どもだろうが、今までと変わらず友達でいてくれるだろう。

「周りに惑わされずに、自分の足で歩くことじゃ」

これは音吉さんの言葉。「大人になるってどういうこと？」っていう私の質問に対する答えだ。

私は今それができているだろうか。

もう二度とみんなを悲しませることはないだろうか。

「そんなのわからないよ」とエレンは言った。

「何もかも決めつけちゃだめ。こうあるべき、こうしなくちゃならないなんて、守れない約束を自分としちゃだめだよ」

エレンは大人だ。きっとだいぶ前から。

その後にエレンが言ってくれた言葉は嬉しかった。

「響に何が起こっても、私はすぐに駆けつけるから」

「私も」とアコが言った。「まかせなさい、女王様に」

「いいな」と素直に思えた。

いつかアコが女王様になって、エレンがプロのミュージシャンになって、奏が一流のパティシエになって、そして私も一流のピアニストになって……。

そのとき、みんなで集まって、昔みたいにどうでもいい話ができたらいいな、と。

「ひびきー」

奏の明るい声が聞こえた。

今日は奏とデート。それからピアノの連弾の練習。

「奏、どこ行く？」

「どこって、そんなの決まってるでしょ？」

だよね。私だってわかっていて聞いたんだ。


海面が静かに揺れている。

そして穏やかな波が、心地良い響きを放っている。

「ふーん、大人かぁ」

奏が穏やかな笑みを浮かべて私を見た。

私は奏と二人で浜辺に座っている。

遠くから誰かが練習しているサックスの音が聴こえてくる。

なんて心地良い時間だろう。

「私たち、少しは大人になれたかな？」

「ふわぁ〜気持ちいい〜〜」

奏が海の向こうを見つめながら私に尋ねた。

私は砂浜に寝転んだ。

「ちょっと響、聞いてる？」

「聞いてるって」

私は背中にあったかくて柔らかい砂を感じながら、奏への返事を考えていたのだ。

今だけじゃない。ずっと考えている。

大人になるってどういうことだろう。

今回のことでなんとなくわかった気もするけど、うまく言葉にする自信はまだない。

もしかしたらそれは、相手を許すことかもしれない。

もしかしたらそれは、相手を認めることかもしれない。

「もしかしたらそれは……」

私は頭の中に浮かんだ言葉をぜんぶリセットして、奏の目を見た。

奏の目を見たら、ちょっとはうまいこと言葉にできるかもしれない。

「……それは……変わり続けることなのかもね……」

「……どうして？」

「だって人は変わるから。変わりたくないって思っても、変わってしまうものだから。そのことに逆らうのは、立ち止まってしまうことになるから。それに、誰かが変わってしまうことを悲しむのは、大人じゃないから」

「……なるほど」

奏は微笑んでそう答えた。

「響、私は変わったかな?」

「さぁ、どうだろう。全然変わってないってことはないんじゃない?」

「響も?」

「うん。たぶんね」

奏は私の隣に寝転んで、細い指で砂をすくった。

「響、私ね」

「うん」

「さっき、時計塔の前で王子先輩を見かけたの」

「……そう」

「友達とギターを弾いてた」

「へぇ。何でもできるんだよね、王子先輩って」

「うん。相変わらず……カッコよかった♥」

「フフ、何それー」

「別にぃ。ただそう思ったってだけ」

「奏、大好きだもんね、王子先輩のこと」

「うん。でも本当は、そうでもないのかも」

「え?」

「もちろん好きだけど」

「けど？」

「認めちゃうのはしゃくだけど」

「は？」

「今は正直、響と一緒にいるほうが好きだよ」

突然の告白に胸が熱くなった。でもそれが恥ずかしくておどけてみせた。

「ほんとにぃ？」

「ほんとだって」

私は微笑んで、また海を見る奏の横顔を見た。その頬に書かれた本当の気持ちを探しながら。

本当の気持ちは言葉とは裏腹のことがある。言葉を尽くせば尽くすほど遠ざかっていくことも。

今回のことで私はそう感じた。

奏の今の言葉はどうだろう。

私は奏の横顔を見ながら考え続けた。でも、途中でめんどくさくなった。

どっちだっていいや。

そう思えた自分がすごく新鮮だった。

どっちでもいい。

奏が王子先輩のことを好きでもそうじゃなくても、私といるほうが楽しいっていうのが、嘘でも本当でも、どっちでも……。

奏は私に気を遣ってそう言ってくれたのかもしれない。

本当は私より王子先輩のほうが大好きなのかもしれない。

「大人は秘密を持つもの」

いつかママがそう言ってた。

そのときはどういう意味かわからなかったけど、今は少しわかる気がする。

秘密というのはきっと、嘘でも本当でもない。

その人にしかわからない、他の誰にも探し出せない、その人だけの形をした宝箱だ。

私は奏の宝箱のありかを、探しあてようとは思わない。無理やりそれを開けて、中身を確かめようとも思わない。

奏だってきっとそうだ。

私の大切な宝箱を探しあてたり、その中身について問いつめたりもしないだろう。

そう思ったらちょっと寂しい気もした。

昔は違った。

お互いの本当を探り合って、問いつめ合って、言葉の端々を取り上げて、その矛盾を追及して、いつしか喧嘩になって……。

私と奏のそんな関係が懐かしくて、寂しい気持ちになったけど、それも悪くないと素直に思えた。

「奏、がんばってね」

「うん。響もね」

それだけでじゅうぶんだ。

私はもうすぐこの町を離れてドイツへ旅立つ。

永遠のお別れではないけど、しばらくは奏やみんなにも会えない。

でも……。

「離れてても」

私がそう切り出すと、奏がすぐにその後の言葉を続けた。

「心はひとつ」

私たちはフフッと笑い合って、砂まみれの手を握り合った。

また一つ、強くなれた気がする。

私も奏も、ちゃんと自分の足で立てるようになった気がする。

つまり、私たちは、少し大人になった。

でもそのことは奏には告げなかった。

言葉にしたらなんだかもったいないような気がして、私はその言葉を、私だけの宝箱にそっとしまいこんだ。

飛行機に乗るのはいつ以来だろう。

たぶん、ママに連れられてウィーンに行った小学三年生以来かな？

今回は一人きりだけど、不思議と不安は感じなかった。

「見送りはいいから」

そう言われた奏やエレンやアコは、それからハミィやパパもきっと、私が寂しくなるからって思っただろうか。

でも違う。

私は寂しくなんかない。

みんながやり直してくれた送別会のことを思い出すだけで、一人じゃないって思えて、寂しさなんかあっというまにどこかへ消え去ってしまう。

やり直しの送別会なんてなんだかおかしいけど、でもやったおかげで気持ちよくドイツへ旅立つことができた。

エレンとハミィの共演は最高だった。

エレンがギターを弾いて、ハミィが天井の照明にぶらさがって歌った。

ハミィへの対抗心からか、エレンのギターはどんどん激しくなった。

でもハミィは相変わらずで、ライバルであるはずのエレンのギターに感動してしまって、最後は涙を流しながら歌っていた。

ハミィの涙はみんなの涙を誘って、大歓声のうちにステージは終わった。

「結局おいしいとこ持ってくんだよねー」

ハミィはエレンにそう言われてもニコニコ笑っていた。

エレンがハミィと共演したおかげで、パパと王子先輩と、それからなんとトリオ・ザ・マイナーの、奇妙な共演を見ることができた。

バスドラもバリトンもファルセットも、エレンのバックで歌っているときより遥かにリラックスして見えたのは気のせいかな？

アコは、奏太と一緒にカスタネットを演奏してくれた。

奏太がミスをするたびにアコが睨んだ。まるでエレンがトリオ・ザ・マイナーを睨むみたいに。

奏との連弾はうまくいった。今回はたっぷり練習したからその成果をちゃんと出せた。

練習中は相変わらず喧嘩ばかりで大変だったけど。

「響ってやっぱり子どもね」

お互い大人になったなんて言い合ってたくせに、一緒にいるとすぐ喧嘩。

でも私はそれが嬉しかった。
変わったようで変わらない。
それが今の私たちだから。
「さよなら、みんな」
最後の挨拶で私は泣かなかった。
「さよなら」ちゃんとそう言えた。
ちゃんとみんなの目を見て、堂々と。
町に戻ってきたとき、胸を張って「ただいま」って言えるように。
「さよなら、今までの私」
本当はそう言いたかったけど、それは心の中の自分だけにそっと告げる。
さよなら、今までの私。
こんにちは、これからの私。
私はそんな思いのまま、ドイツ行きの飛行機の中にいる。
窓からは、旅立つ私へのご褒美のように、フワフワした雲が見える。
もう加音町は遥か彼方だ。
今頃、奏はケーキを作っているのかな。エレンはギターを弾いているのかな。
アコは女王の修業中で、音吉さんはパイプオルガンの掃除中かな。

みんな、がんばって。

私は無事、泣かずに旅立つことができました。

でもほんとは泣いたっていいって思っている。

どっちだっていい。それが本当の気持ちなら。

また悲しみにとらわれても、きっと誰かが手を差しのべてくれるだろう。

私は強がらずにその手をぎゅっと握って、笑顔で立ち上がろうと思う。

「ありがとうみんな。大好きだよ！」

私は、送別会の挨拶で最後に言ったその言葉を思い出しながら、あの砂浜に寝転ぶみたいに、心地良い眠気に身をゆだねた……。


（おわり）

小説 スイートプリキュア♪　新装版

原作
東堂いづみ

著者
大野敏哉

イラスト
高橋　晃

協力
金子博亘

デザイン
装幀・東妻詩織（primary inc.,）
本文・出口竜也（有限会社 竜プロ）

大野敏哉 | Toshiya Ono

脚本家。愛知県出身。1969年5月6日生。代表作は『ガッチャマン クラウズ』『まじっく快斗 1412』(アニメ)、『世にも奇妙な物語』(ドラマ)、『海月姫』『私の優しくない先輩』(映画)など。2017年オンエアのアニメ『青の祓魔師　京都不浄王篇』のシリーズ構成も担当。

講談社キャラクター文庫 024

小説(しょうせつ) スイートプリキュア♪　新装版(しんそうばん)

2023年2月8日　第1刷発行

KODANSHA

著者	大野敏哉(おおのとしや)　©Toshiya Ono
原作	東堂(とうどう)いづみ　©ABC-A・東映アニメーション
発行者	鈴木章一
発行所	株式会社　講談社
	〒112-8001　東京都文京区音羽2-12-21
電話	出版（03）5395-3489　販売（03）5395-3625
	業務（03）5395-3603
本文データ制作	講談社デジタル製作
印刷	大日本印刷株式会社
製本	大日本印刷株式会社

ISBN978-4-06-530783-0　N.D.C.913　254p　15cm

定価はカバーに表示してあります。Printed in Japan